$\mathcal{E}$ se, de repente,
eles parassem

Copyright dos textos © 2008 by Raquel Machado
Copyright da edição © 2008 by Escrituras Editora

Todos os direitos desta edição foram cedidos à:
Escrituras Editora e Distribuidora de Livros Ltda.
Rua Maestro Callia, 123
04012-100 - Vila Mariana - São Paulo, SP
Tel.: (11) 5904-4499 - Fax.: (11) 5904-4495
escrituras@escrituras.com.br
www.escrituras.com.br

Editor: *Raimundo Gadelha*
Coordenação editorial e gráfica: *Fernando Borsetti*
Revisão do texto: *Flavia Okumura e Renata Assumpção*
Capa, projeto gráfico e diagramação: *Vaner Alaimo*
Ilustrações: *Mano Alencar (pag. 14), Fred Macêdo (pags. 37 e 91),*
Hugo Segundo (pag. 38), Suzane de Farias (pags. 48 e 102),
Ricardo Bacelar (pag. 62), Coca Torquato (pag. 75),
Vando Figueiredo (pag. 109)
Impressão: *Gráfica Edições Loyola*

Dados Internacionais de Catalogação na Publicação (CIP)
(Câmara Brasileira do Livro, SP, Brasil)

Machado, Raquel
   E se de repente eles parassem / Raquel Machado.--
São Paulo : Escrituras Editora, 2008.

ISBN 978-85-7531-287-2

1. Contos brasileiros I. Título.

08-03712   CDD-869.93

Índices para catálogo sistemático:
1. Contos : Literatura brasileira 869.93

Impresso no Brasil
Printed in Brazil

Raquel Machado

E se, de repente, eles parassem

escrituras
São Paulo, 2008

Prefácio

IVES GANDRA DA SILVA MARTINS

Conheço Raquel há muitos anos, tendo por ela, por seu marido e toda a família Brito Machado, afeto muito especial.

É uma família admirável e exemplar.

Raquel sempre me impressionou, como advogada e jurista.

Tanto ela quanto Hugo Segundo têm os ornamentos do bom jurista, que são a serenidade expositiva, a séria investigação, o respeito pelas opiniões contrárias e o talento necessário para conformar o bom direito. A primeira dessas qualidades talvez falte a mim e a seu sogro, que viemos de outros tempos de luta para a volta ao regime democrático, em que o estudo, a investigação e a dicção jurídica, necessariamente, eram impregnados da emoção própria dos que batalhavam por novos tempos.

Raquel e Hugo II são os melhores exemplos dos juristas da modernidade, que Hugo, o pai, e eu, com alegria, vemos nos suceder.

O que não esperava, todavia, encontrar em Raquel, é a excelente ficcionista que se revelou, com a história de seu livro, em que a percepção da realidade própria do mundo em que vivemos é desenhada, em pinceladas de novelista, com tintas de poesia e análise da natureza humana na sua busca de auto-afirmação.

Erasmo de Roterdã, no seu "Elogio da loucura", tece um panegírico às fraquezas humanas e o inevitável conflito na procura de espaços, em que a humanidade sempre se debaterá.

Raquel dá à sua história, de fantástica atualidade, todos os ingredientes próprios que ornam o talento dos ficcionistas, que sabem manter o interesse do leitor pela história que capta contornos da realidade. E, no caso de Raquel, os diálogos fazem também pressentir, na novelista, uma futura autora de teatro.

Vejo, portanto, seu ingresso no mundo das letras com muita alegria e profunda admiração, certo de que terá seu espaço, no tempo, assegurado. "Bem haja", cara Raquel.

IVES GANDRA DA SILVA MARTINS,
Presidente da Academia Paulista de Letras (2005/2006);
Presidente do Clube de Poesia (1995/1996).

E se, de repente, eles parassem...

Esta é uma história de ficção.
Qualquer semelhança
entre nomes, pessoas,
lugares e fatos é
mera coincidência.

ÍNDICE

Preliminarmente 11
A observação 13
A vizinha – por João 19
A reunião 21
O evento e minha decisão 35
A paralisação 41
A paralisação na mídia 45
Estratégias de marketing 47
Nos bastidores do poder 53
Problemas na organização 59
Repercussões no cotidiano 65
Nos bastidores do poder II 73
Problemas no caixa 79
Sebastião no poder 83
Bruxelas 89
Samantha no poder: ascensão e queda 95
Sebastião no poder II 99
O fim da greve 101
E tudo recomeçou 107

Preliminarmente

Eu estava só na praia, quando tive vontade de contar esta história. E foi lá mesmo que o livro começou a ser escrito. Mas o fato, ou melhor, os fatos que deram origem à conversa que vamos iniciar agora aconteceram bem antes...

Inicialmente, não posso deixar de conversar com você sobre algo. Talvez anseie por mais detalhes da história que lerá a seguir, como, por exemplo, saber em que cidade a história se passou, saber mais características dos personagens etc. Foi proposital minha omissão. Do contrário ficaria muito longa e, além disso, ficaria fácil identificar algumas pessoas.

Lembro-me, a propósito, das palavras de Miguel de Cervantes em Dom Quixote, segundo o qual "é grandíssimo o risco a que se expõe quem imprime um livro, sendo completamente impossível compô-lo de tal forma que satisfaça e contente a todos os que o lerem."

Aliás, em conversa com o senhor Sansão, depois de constatar que a história sobre ele escrita carecia de esclarecimentos, Dom Quixote proferiu palavras que aqui faço minhas, com as devidas adaptações, evidentemente. Assim afirmo: "por aí estou de volta para satisfazer a Vossa Mercê e a todo mundo que me quiser dirigir perguntas."

Bom, mas vamos à história.

A OBSERVAÇÃO

Foi uma coincidência. Havia acabado de chegar do trabalho e, como sempre, antes mesmo de acender as luzes do apartamento, adorava ficar olhando o movimento e o brilho da cidade pela janela.

Também tenho de admitir que, vez ou outra, gostava de espionar meu vizinho. Não todos os vizinhos, apenas um em especial.

Mas, por favor, não se apresse em pensar que eu fazia isso para me intrometer na vida dele. Não sou bisbilhoteira. Talvez só um pouquinho, como os que se esforçam para não serem bisbilhoteiros. Na verdade, eu o espionava, porque, ao acompanhar a vida dele pela janela, era como se fôssemos cúmplices e me sentia menos só, na minha solidão urbana. Meus namoros acabavam, os dele também (eu sabia disso pela mudança nas figuras femininas que freqüentavam seu apartamento), e nós permanecíamos ali, unidos pela janela, companheiros sem cobranças... Tinha até planos de, qualquer dia, me apresentar... Ah... Ele era mesmo muito bom de ser admirado. Além de ser lindo, tinha uma vida cheia de requinte.

Eu sempre sabia dos últimos lançamentos de informática, só de olhar os equipamentos que ele comprava. E, vez ou outra, via-o chegar com malas de viagem muito chiques e sacolas de lojas que eu adorava. Isso sem falar em todos os equipamentos de esporte sempre à vista em algum canto da casa: *cap* de hipismo, prancha de *kite surf*, saco de boxe... Bem, eu lhe digo tudo isso sobre ele apenas para que possa conhecê-lo melhor.

Mas naquele dia o que chamou minha atenção não foi ele em particular, mas as pessoas que chegavam a seu apartamento.

Eu fui observá-lo à distância apenas por alguns instantes como de costume, para depois me sentar à varanda e degustar uma taça de vinho ao som do Jamie Cullum ou assistir ao filme que havia alugado. Mas não consegui. O filme da vida dele estava muito interessante para que eu simplesmente o ignorasse. Eu não tive a menor vontade de mudar minha programação visual. Só a interrompi por alguns instantes, enquanto corri ao quarto e busquei o binóculo.

Bem, mas o que importa é que naquele dia, em um curto espaço de tempo, várias pessoas chegaram a seu apartamento. Várias vezes eu o vi se dirigir até a porta e cumprimentar um novo convidado. E... Meu Deus!!! Não podia acreditar no que estava vendo. Algumas pessoas eram desconhecidas, mas outras não. Eu sabia direitinho quem eram e me pareciam tão interessantes quanto ele. Mas não só isso. O que mais me intrigou foi vê-lo recebendo "inimigos".

Não, talvez "inimigos" seja uma palavra um pouco forte. Eram, de fato, pessoas que sabia não se darem bem com ele. Eu as conhecia porque, assim como ele, eram empresários importantes e apareciam constantemente na mídia. Alguns eram concorrentes, e do tipo que leva para a vida pessoal os sentimentos próprios da batalha nos negócios. Muitas vezes os detalhes dessas intrigas eram tornados públicos nos jornais, ora nas colunas de economia, ora nas sociais. Então, simplesmente não podia entender o que todos eles faziam ali juntos, conversando como se fossem amigos, bebendo vinho (até tentei ver qual era, mas não consegui).

Poderia ter ficado ali a noite toda, não fosse pelo inesperado fato de que, de repente, a Nina (moça que faz os serviços de faxina para mim), que já deveria ter ido para casa àquela hora, deu-me o maior susto, acendendo a luz, dizendo:

- "Não pude ir pra casa porque a senhora esqueceu de deixar meu dinheiro".

Antes mesmo que pudesse dizer algo para ela, enfurecida que eu estava, percebi que o João – esse era o nome do vizinho – me vira de binóculo na mão olhando para a casa dele. Droga! Droga! Eu simplesmente me virei e fingi que estava olhando em outra direção. Soltei logo o binóculo, para falar com a Nina:

- "Você quase me mata de susto, menina!!! Onde você estava quando cheguei? O apartamento estava todo escuro!"

- "Ah... Dona Jade, eu terminei pegando no sono na cadeira da cozinha mesmo. Só acordei quando ouvi uns barulhos pela sala. A senhora tava com o celular desligado?"

- "Não. Meu celular está sempre ligado."

- "Pois eu liguei várias vezes pra tentar falar com a senhora e não consegui."

- "Deve ter ligado errado. Quer ver?"

Mas ao retirar o celular da bolsa, constatei que estava mesmo desligado. Liguei-o imediatamente, lamentando o tanto de ligações que havia perdido. Você sabe, neuras de uma vida moderna.

Antes mesmo de poder falar mais qualquer coisa com a Nina, o telefone começou a tocar. Era o número do Eduardo. Um colega de infância, que tinha estudado na faculdade comigo, e fazia tempo que a gente não se falava...

- "Dudu!!! Não acredito! Há quanto tempo!"

- "É mesmo. Que engraçado você me chamar de Dudu. Só meus amigos de infância me chamam assim."

- "Humm... Eduardo. Já havia me esquecido que prefere ser tratado assim." – eu disse com um tom de voz brincalhão. - "Que boas lembranças motivaram a ligação?"

- "Várias. Mas deixa isso para depois. Olhe pela sua janela, como fazia há pouco."

- "Por quê?"

Tomei o maior susto. Que história era essa? Como ele sabia disso? Será que ele estava em outro apartamento no mesmo prédio do João e me vira de binóculo também só naquele curto espaço de tempo?

- "Estou na casa de um amigo em frente a seu apartamento. Olha."

Quando olhei novamente para o apartamento do João, vi várias pessoas acenando para mim. Que mega vergonha!!!

- "Vem para cá. Será melhor do que simplesmente olhar."

Nem pude pensar em dizer não. Estava meio baratinada. Só fiz entregar o dinheiro da Nina, peguei minha bolsa com o celular e saí correndo em direção ao elevador.

Até chegar lá, tentava nem pensar no que eu ia dizer a eles, ou no que poderiam querer comigo. Eu oscilava entre o riso (afinal eu tinha sido meio palhaça) e breves momentos de preocupação (ainda que eles não fossem me recriminar, era meio chato terem me visto "espionando"). Será que eu tinha visto alguma cena indevida e era uma testemunha *non grata*? Para não me estressar com dúvidas cuja resposta não dava para antecipar e que, de qualquer forma, ia já responder, simplesmente comecei a cantar baixinho uma música do U2 que adoro (essa técnica sempre funciona quando estou meio nervosa, porque tenho de me concentrar na letra e na melodia e termino esquecendo tudo o mais – é como se concentrar na respiração na hora de fazer ioga).

Quando finalmente cheguei ao apartamento, o vizinho veio abrir a porta para mim, como fez para os outros convidados, e... deu um sorriso acolhedor, apesar de parecer tenso.

- "Entre... Precisamos conversar."

Desde criança detesto frases similares a essa, soam como prenúncio de um sermão, para reprimir condutas. Mas tive uma leve intuição de que não era isso. Eu estava certa.

A VIZINHA – POR JOÃO

Eu só faço estes comentários por conta dos pedidos insistentes da Jade. Depois que ela resolveu contar esta história, me pediu para dizer minhas impressões sobre ela e sobre o começo da história. Só para fazer constar a opinião de uma terceira pessoa. Queria que você entendesse a coincidência do chamado que lhe fizemos. Ela tem mania de querer contar as histórias da forma mais fiel possível. Aí ela ficava: - "Vai lá, faz só uma participaçãozinha..." Eu ainda tentei argumentar: - "Como é que pode? Meter um capítulo escrito por mim no meio do seu livro?" Mas ela rebateu: - "Exatamente porque ele é meu, faço com ele o que quiser e adoraria que participasse."

Não gosto muito de escrever, mas topei.

Bem, muito depois desse nosso primeiro encontro, ela terminou me contando que gostava de me espionar. Eu ri, porque, na verdade, eu também fazia o mesmo. Mas, ao contrário dela, não sabia detalhes de sua vida. Não porque a espionasse pouco, mas porque não me atentava aos detalhes do cotidiano dela. O que gostava mesmo era de vê-la desfilar, para apreciar suas formas. Sempre que podia, ficava a admirá-la. Adorava fazer isso, principalmente quando alguma namorada chata acabava de sair de minha vida. Eu chegava a casa tarde da noite e lá estava ela, andando de um lado para outro do apartamento com um lindo *baby-doll*. O engraçado foi a gente nunca haver se deparado, até então, com um espionando o outro.

Pois é. Naquele dia, tudo que eu sabia, além disso, é que ela era advogada, o que veio a calhar muito bem no momento. O Eduardo, que também a viu nos observando, ainda me lembrou isso novamente, e na mesma hora tivemos a idéia de chamá-la. Eu fiquei feliz porque talvez alguém fosse nos ajudar, mas, no fundo, o que eu gostei mesmo foi do cheiro dela. Logo depois dos cumprimentos protocolares na porta de casa, tive vontade de agarrá-la. Mas, naquela hora, não era bem esse o meu objetivo mais urgente.

A REUNIÃO

Como havia aprendido desde a infância, o melhor a fazer "quando se apronta" é agir com naturalidade, como se nada tivesse acontecido, *just keep walking*. Assim, evidentemente, fiz de conta que não havia sido pega no flagra e fiquei calada, como se fosse uma convidada qualquer. Por alguns minutos houve um silêncio meio desconcertante na espera de que alguém tomasse a iniciativa do diálogo. Já ia fazer um comentário sobre a decoração do apartamento, quando o João se antecipou dizendo:

- "Sente-se... Bem, foi bom nossos olhares terem se encontrado (e ele sorriu de novo)... Tivemos a idéia de chamar você aqui porque estamos precisando de uns conselhos legais, de advogada, sobre as possíveis conseqüências de um comportamento que desejamos adotar."

Naquele momento, eu agradeci a Deus pela minha escolha profissional. Que bom eu poder estar ali, na expectativa de aconselhar todas aquelas pessoas a quem, na verdade, sempre tive vontade de pedir vários conselhos!!! Mas fiquei séria, tentei manter uma enigmática aura de sabedoria (por sinal, não sei por que as pessoas insistem em imaginar que a seriedade está ligada à sabedoria!) e simplesmente perguntei:

- "É mesmo? Qual exatamente é a dúvida de vocês?"
- "A gente quer paralisar os negócios."
- "Como assim? Fechar as fábricas e as lojas?"

- "Exatamente."
- "Por quê?"
- "Eis a questão. A gente quer deixar de produzir e faturar por um tempo, para ver se consegue um tratamento melhor perante os órgãos governamentais. Você sabe da nossa dificuldade para abrir um negócio, conseguir certidão com todos os carimbos que a burocracia exige, pagar todos os tributos etc. E, ainda por cima, viver com insegurança, em uma sociedade desorganizada."
- "Mas... e como vão fazer para ganhar dinheiro?"
- "Com o dinheiro que a gente já acumulou, em uma sociedade de capitalismo financeiro como a nossa, manter nosso padrão de vida e, até aumentá-lo, quem sabe, não será tão difícil. Nossas economias estão aplicadas em diversas contas diferentes, inclusive no exterior. Vamos viver algum tempo só de juros."
- "Mas vocês todos juntos representam uma parcela muito grande do nosso setor produtivo. Não dá para simplesmente parar. E os empregados? E o fornecimento de bens e produtos e serviços? Além disso, o setor financeiro, de certa forma, depende do setor produtivo. Os bancos dão lucro porque há sempre alguém pedindo dinheiro emprestado para abrir um novo negócio e pagando juros, para remunerar o dinheiro que vocês aplicaram e que o banco já usou para emprestar a alguém. Vai ser um caos."
- "Calma! Calma! No que diz respeito aos produtos e serviços, infelizmente, as pessoas vão ter de compreender e abraçar nossa causa. Mas talvez a gente garanta um fornecimento mínimo sem aumento de preços. Quanto aos empregados, manteremos a remuneração, mesmo sem que eles estejam trabalhando. Nós temos dinheiro para isso. Talvez nossa paralisação cause algum impacto

no sistema financeiro daqui, mas temos bastante dinheiro aplicado no exterior."

- "Vocês entregaram o dinheiro de vocês para o Helinho Laniado?" – perguntei rindo, só me lembrando da excelente reportagem que havia lido na revista da Joyce Pascovitch sobre ele e a possível remessa ilegal de dinheiro ao exterior que teria praticado.

- "Claro que não. Não seríamos tão despreparados, já que sabemos que podemos precisar da rápida entrada do dinheiro de volta ao país. E já que a gente vai brigar com o governo, temos de fazer as coisas certas. Inclusive os tributos, pelo menos os que a gente acha que são devidos, serão devidamente pagos."

"Huum!... Que convencido!" - pensei silenciosamente. Mas ele falava com um jeito tão calmo e doce que era perdoável.

- "Mandamos nosso dinheiro com todos os trâmites exigidos pelo Banco Central. Está em uma conta em Bruxelas e em outra na Rússia, que podem ser acessadas diretamente por mim, pelo Eduardo e pela Samantha, uma linda moça que já lhe apresentarei. Para realizar a paralisação, formamos uma nova pessoa jurídica e integralizamos o capital com o dinheiro que nós e mais alguns doaram para esse propósito específico."

- "Por que não mandaram o dinheiro para a Suíça?"

- "Porque é um lugar muito óbvio, queríamos algo diferente. Bruxelas é um lugar seguro e a Rússia dá bons rendimentos, assim como o Brasil. Você sabe do grupo BRIC, não?"

- "Não."

- "BRIC é o grupo de países que possuem um bom mercado financeiro porque pagam altas taxas de juros e são parcialmente seguros para investimento. A sigla se refere às iniciais de Brasil-Rússia-Índia e China."

- "Entendi. Agora, responda-me uma coisa: já que o Brasil é um dos países em crescimento e ainda de alta rentabilidade financeira, por que não continuar os negócios, ou pelo menos por que não aplicar o dinheiro aqui mesmo?"

- "Simples. Porque queremos viver aqui. E ser um país em crescimento econômico, com alta rentabilidade financeira não basta para assegurar uma boa qualidade de vida, nem mesmo para quem possui boa condição financeira."

Depois de pequena pausa, João continuou:

- "Mas tudo isso que queremos fazer é apenas por pouco tempo, talvez nem mesmo o setor financeiro nacional fique abalado. Nosso foco, como disse, é tentar mostrar que nossa atividade é importante para a sociedade, mas principalmente para o Governo. Afinal, é com as riquezas que produzimos que ele não só mantém os serviços públicos e coisa e tal, mas paga todos os agentes públicos. E ainda assim, quando a gente precisa de alguma coisa, é tratado com toda a dificuldade e má-vontade. Não dá!"

- "Mas quando você começou seu negócio não já sabia que era assim?"

- "Tinham me dito que era complicado, mas eu não pensava que fosse tanto. Aliás, essa é uma diferença substancial. Imagina uma pessoa lhe informar que você vai esperar cinco horas em uma fila para conseguir alguma coisa, e você efetivamente esperar as cinco horas, só perdendo tempo, vendo a vida passar, quando podia estar produzindo. Seja como for, as coisas vêm se agravando. O que me deixa mais puto é o efeito comparativo com meus amigos que moram em outros países. Lá eles pagam mais ou menos o mesmo tanto de tributo que eu, mas as coisas funcionam. Só o tanto que eu gasto com segurança aqui dá para ficar hospedado várias vezes por ano no

Plaza-Athené, em Paris, no Burj Al-arabe, em Dubai, ou no Çiragan, em Istambul. Segurança que a sociedade, como um todo, deveria ter. Tudo bem, eu tenho dinheiro, mas eu poderia ter mais, e poderia ter mais qualidade de vida, investir mais nos meus negócios, o que ia ser bom para todo mundo."

Ele ia falando e ficando vermelho. Era engraçado ver o vermelho associado àquele grupo...

- "Ultimamente, aconteceram uns fatos que me deixaram revoltado de vez."

- "O que foi?"

- "Como a gente aumentou a exportação de castanha industrializada para a Europa, a quantidade de castanha *in natura* no país não foi suficiente para que cumpríssemos todos os contratos. E tivemos de importar castanha da África. Quando elas chegaram, o pessoal da alfândega simplesmente não liberou o produto, porque inventaram de exigir de novo o imposto de importação que eu já tinha pago. Argumentei com os funcionários, pedi para eles liberarem a mercadoria (que era perecível), que me exigissem o imposto depois, se fosse o caso, mas eles simplesmente não aceitaram. Aí eu entrei com uma ação para tentar liberar a mercadoria sem ter de pagar o imposto, que seria discutido depois, mas o juiz disse que precisava examinar melhor os documentos, que não via urgência na questão. Nem aceitou falar com meu advogado. Sabe o que foi que eu tive que fazer? Tive de pagar a m... do imposto duas vezes. E agora sabe quando vou conseguir receber de volta? Provavelmente, daqui a uns cinco anos, no mínimo!!! Uma grana alta que podia ter investido nos negócios. E sabe o pior? Quando liberaram as castanhas, várias toneladas já estavam estragadas. Isso é muito, muito f..."

- "Calma!!!" – disse meio assustada com o tom de voz que ele usava, logo ele que parecia ter jeito de lorde inglês.

- "Cansei de ter calma. Já tive calma demais. Que é isso? Como é que podem criar um sistema burocrático que coloca à prova a honestidade e a paciência dos cidadãos? É preciso ter muito sangue de barata!!! Vocês não podem imaginar o absurdo que passou pela minha cabeça. Esta semana, eu encontrei na praia o Leo Ina. Estava super bem. Tranqüilo..."

- "O Leo é tranqüilão mesmo" – disse Samantha, a mulher linda a que o João se referira no início da conversa. Eu a conhecia, porque, assim como João, aparecia com freqüência nos jornais. Era dona de uma rede de padarias sofisticadas da cidade. - "Também, se meu pai tivesse me deixado de herança a mesma grana que o pai dele, eu seria igualmente tranqüila."

- "Você é muito inocente, Samantha. O pai do Leo não deixou herança nenhuma. Ele nem sequer era rico há cinco anos. O Leo é traficante de droga. Por que você acha que a gente o chama de Ina? É de cocaína, uma coisa bem óbvia. Mas ele não está nem aí. Já se acostumou com a impunidade. Vive socialmente na paz. O negócio dele é lucrativo e, como ele vive à margem do Estado, as coisas fluem com mais rapidez. Basta dar um dinheirinho aqui, outro acolá para um agente ou outro, e pronto. Mas eu, eu que quero trabalhar, produzir, colocar em prática umas idéias legais que tenho, bufo!... Sou o tempo todo emperrado. Dei o maior duro para conseguir o dinheiro que tenho. Passei noites em claro, tive de me relacionar com todo o tipo de gente, contratar várias pessoas para fazer estudos de mercado, examinar o perfil psicológico dos meus consumidores, dei emprego... E algumas pessoas me olham como se eu fosse um opressor, só porque sou rico. É preciso parar com essa hipocrisia terceiro-mundista de achar que ser rico é coisa de ladrão, de quem passa a perna nos outros. Essa sim é que é uma idéia que emperra a sociedade. O melhor seria acreditar que uma boa idéia pode levá-lo adiante. Senão, daqui a pouco... Aliás, daqui a pouco não, já estamos vivendo assim. Quem se sente mais incentivado são as pessoas capazes de infringir as leis, os marginais."

- "Estou quase começando a assimilar sua idéia" – disse bem calmamente, para ver se o clima ficava mais leve.

- "Pois é, quando me deparei com essa idéia, achando boa a vida do Leo, fiquei preocupado. Percebi que estava naquele momento crucial em que a escolha pode mudar tudo para frente... Foi então que decidi fazer algo para tornar a minha boa também. Quero um negócio que flua. Já bastam os entraves naturais dos negócios. Ainda ter de aturar um Governo ineficiente?! Sempre fico pensando no assunto, querendo saber se eu não estou sendo duro demais, exagerado. Mas me lembro da frase do Kennedy: 'Não pergunte ao seu país o que ele pode fazer por você, mas o que você pode fazer por ele.' E, quando me lembro, minha raiva aumenta."

- "Como assim? Você não pensa que talvez deva ajudar um pouquinho mais o país e reclamar menos?"

- "Penso e tento ajudar. E quando tento não consigo, ou então ficam falando que ajudo só para ficar com menos remorso por ser rico. Fiz uma creche para os funcionários da fábrica e foi confusão para todo lado... Um fiscal do INSS achou que era uma forma indireta de dar salário a eles e cobrou um absurdo em 'contribuições'. Pouco depois, fui fazer uma doação de produtos da castanha para uma instituição de caridade e quiseram me exigir o ICMS. Já imaginou?

Por isso, quando penso na frase do Kennedy, acho que a versão melhor para nosso país é 'Nem sonhe em pedir alguma coisa para o seu país. E se tiver muito saco, implore para seu país deixar você fazer alguma coisa por ele.' Tanto é assim que as pessoas de sucesso aqui, com verdadeiro talento artístico ou para negócios, têm muitíssimo talento. Porque aqui não é fácil vencer. Elas passaram por um processo de seleção admirável."

- "Tá bom, tá bom. Mas, até agora, não entendi como posso ajudá-los como advogada."

- "É que, quando a gente começou a discutir os objetivos de nossa "greve", vamos assim dizer, umas pessoas argumentaram que ia ser um ato parecido com uma coisa chamada *lock out*, que é uma espécie de greve de empresários proibida por lei etc. Daí a gente ficou na dúvida se era proibida ou não, e foi quando, por coincidência, nossos olhares cruzaram e tivemos a idéia de te chamar aqui."

- "Bem. Vamos por partes. *Lock out* é realmente uma greve de empresários proibida por lei, porque seria feita com o uso, ou melhor, com abuso do poder econômico, na tentativa de tolher o poder de negociação dos empregados. Seria, por exemplo, o caso do empresário que, ao perceber que os empregados estão para pleitear aumentos de salário, decide fechar uma de suas fábricas. Ao ficarem com medo de perder o emprego, os empregados recuam. Logo após, o empresário reabre a fábrica."

- "No nosso caso, a gente não está querendo prejudicar os empregados. Pelo contrário, como lhe disse, vamos continuar pagando seus salários. Talvez aproveitemos a oportunidade para conceder férias coletivas" – observou o João.

- "É. Talvez o caso de vocês não se enquadre ao pé da letra na figura do *lock out*, definida em lei. Ocorre que, se for analisada a finalidade pela qual a proibição de *lock out* é estabelecida, que é impedir a utilização do poder econômico de seus próprios negócios para barganhar, então talvez se possa dizer, sim, que vocês estejam pretendendo fazer uma espécie de *lock out*. Afinal, pretendem fechar temporariamente suas atividades para negociar com o Governo. É certo que este não está na condição de 'parte fraca', como é o caso de um grupo de empregados, mas estou apenas avisando que vocês podem ser acusados de estar praticando *lock out*. A atitude de vocês também pode ser entendida como violadora da lei antitruste, que proíbe alguém de cessar total ou parcialmente as atividades de sua empresa sem justa causa comprovada. Podem entender ainda que estão praticando crime contra a ordem econômica. Por conta disso, talvez sejam ajuizadas ações contra vocês, multas podem ser aplicadas..."

- "Isso é um absurdo!!! Eu não tenho o direito de parar de trabalhar? Quem vai me obrigar a funcionar? Não estamos formando cartel, não estamos querendo prejudicar a concorrência. Em nosso grupo, há também pessoas com pequenos negócios. Aliás, há pessoas com negócios de variado porte e os mais diversos, e os que eventualmente não decidirem parar serão beneficiados, e não prejudicados, com nossa paralisação."

- "Olha, você não é obrigado a funcionar. Pode mesmo fechar seus negócios e pronto. O que não pode é fechar temporariamente para realçar a importância do seu negócio e, assim, barganhar. Mas quer saber de uma coisa? Você tem de pensar se suporta as conseqüências negativas de sua paralisação. Se suportar, é livre para agir da maneira que quiser. E quer saber mais? Às vezes, é preciso radicalizar para alcançar um objetivo, principalmente se idéias contrárias às suas também são fortes. Não dá mesmo para agir com moderação, em determinados momentos."

- "É..! Então vamos pensar sobre tudo isso e decidir, pessoal" – respondeu ele, ao mesmo tempo em que se dirigiu às outras pessoas da sala, com um tom de liderança, bem revolucionário.

- "Essa reunião de vocês está me fazendo lembrar daquele livro do Saramago, 'Intermitências da morte'. Vocês já leram?" – perguntei.

Umas poucas vozes tímidas responderam que já tinham ouvido falar dele, outras emudeceram. Então eu mesma resolvi mostrar a conexão que via entre o livro e a reunião.

- "Agora, me respondam uma coisa" – não resisti de fazer essa pergunta: "vocês já pensaram que a paralisação pode não adiantar de nada?"

- "Por quê?"- o João me perguntou meio confuso, tamanha era sua convicção de que poderia fazer alguma diferença com sua "greve."

- "Ora, o mercado, a economia seguem 'fluxos naturais' incontroláveis! Como diz Alan Greenspan, 'o mercado sempre solapará qualquer tentativa de controle.' Quando os estabelecimentos de vocês fecharem, é provável que, na mesma hora, outras pessoas ofereçam os serviços e os produtos que vocês ofereciam, com uma chance de lucro muito maior, diante do medo que os consumidores estarão da falta de abastecimento. Os seus concorrentes que não aderirem ao movimento vão adorar."

- "Bem, acho que não vai dar tempo de ocorrer isso, porque estamos programando fazer a paralisação só por uns três meses. Não dá para uma nova padaria abrir, com uma estrutura semelhante e ficar com os clientes da Samantha, por exemplo. É óbvio que outras padarias menores vão vender mais pão e podem inclusive lucrar um pouco mais, mas já estamos contando com isso. Quanto aos concorrentes, não haverá problemas porque a situação para trabalhar está tão ruim que nós nos unimos, resolvemos deixar de lado por algum tempo o anseio de lucro, até para podermos depois, quem sabe, lucrar mais. Ou, pelo menos, trabalharmos e vivermos com melhores condições."

- "Seja como for, vocês também têm de pensar se não estão sendo egoístas e radicais. Estão desconsiderando que muitos empresários usam empresas para os mais diversos e indesejados fins, como enganar o consumidor com produtos de má-qualidade, lavar dinheiro do tráfico, explorar empregados e sonegar o máximo que puder. E, no caso, ao que parece, estão preocupados principalmente em melhorar as condições econômicas de seus negócios, mas não pensam no transtorno social que isso vai causar. Como podem se dizer preocupados com a sociedade?"

- "Pode ser que alguns ajam assim, mas o que queremos é exatamente que se criem mecanismos de punir os infratores e fraudadores, sem essa nivelação por baixo da iniciativa privada que ocorre no nosso país. Nossa intenção não é prejudicar a sociedade, pelo contrário. Queremos apenas fazer com que os nossos governantes acordem. Sabe, sempre procurei, na medida do possível, é claro, ser um cara solidário, não porque sou bonzinho e coisa e tal, mas por uma questão egoísta mesmo. Quero poder andar tranqüilo pelas ruas do meu país. Quero que o Governo utilize bem o dinheiro que entrego para ele a muito custo, e quero poder ter liberdade para trabalhar e lucrar. Ou a gente faz uma mobilização para tentar mudar, ou se acostuma com a idéia de que nosso país não é bom, ou entra de vez para a gandaia. Nunca fui acomodado com meus sonhos, pois vou ter a ousadia de não ser com esse também."

Depois que o João terminou de falar, um silêncio momentâneo invadiu novamente a sala. Mas, dessa vez, não era um silêncio constrangedor, mas sim um que tornou o ambiente mais aconchegante, mais calmo, como se as pessoas fossem realmente cúmplices e entendessem a necessidade de um pouco de introspecção para decidir que rumo seguiriam, se iriam aderir ou não àquelas idéias.

Quando olhei para o relógio, percebi o quanto já era tarde da noite, quase madrugada. Sempre me acordava por volta da 6h da manhã e tinha reunião no escritório às 8h. Decidi ir embora e me despedi de todos dizendo:

- "Está ok. Vamos ver o que decidem e no que é que dá tudo isso. Mas não sei se poderei ajudá-los. Não sou empresária e tenho umas pendências na minha própria vida para resolver, além de muito trabalho, é claro. Mas desejo, desde logo, boa sorte."

Dei dois beijinhos amigáveis apenas no João e no Eduardo. O Eduardo se ofereceu para me acompanhar até a casa, mas eu disse logo que não precisava, afinal, era do lado. Os "dois beijinhos" do João foram mais demorados, meio em câmera lenta e eu quase que errava o alvo: da tangente de uma bochecha para outra, por um triz, não estacionei na boca. Mas o ambiente não era nada propício. Eu tinha de me corrigir e parar de ser romântica em momentos tão sérios. Virei-me rapidamente e nem esperei pelo elevador, desci pela escada de incêndio.

Encontrava-me em um estado meio inebriante, sem compreender direito o que tinha vivido. Quase não acreditava que aquilo havia realmente acontecido. Sentia-me meio que um personagem histórico. Sei lá. Como se tivesse participado dos bastidores da Inconfidência Mineira, entende? Mas, naquele instante, o que mais queria era deixar minha agitação de lado, e simplesmente voltar para minha vidinha.

Quando saí do prédio do João, depois de descer as escadas aceleradamente, estava já me sentindo mais calma, por mais que isso possa parecer uma contradição. Olhei para o céu e vi a lua cheia, linda, linda. Observei-a apenas por uns segundo e respirei fundo para sentir o cheiro da noite. Ao retornar meu olhar para a rua e continuar a curta caminhada até a casa, novamente não podia acreditar no que estava vivendo. Era demais para uma noite só.

O EVENTO E MINHA DECISÃO

- "Me passa o relógio, as jóias, tudo, dona. Vamo... E é logo, senão a gente mete bala."

Sim, estava sendo assaltada e não tinha a menor idéia do que fazer.

Minha primeira vontade foi correr, tentar me desvencilhar, por mais que soubesse que isso não era nada recomendado. Assim que se aproximaram, tomaram minha bolsa de imediato. Depois, o cano de um revólver tocava minhas costas, segurado por alguém que não podia ver, enquanto, à minha frente, um garoto de uns 16 anos envolvia meu pescoço com as mãos, como se fosse me degolar.

Meu coração batia acelerado, tanto que sentia meu corpo se mover involuntariamente, ainda que me esforçasse para ficar imóvel. Não queria que o assaltante notasse meu pavor. Procurei ficar calma. Graças a Deus, nunca fui chorona, o que me ajudou bastante. Eu mesma, que sou um pouco zen, se fosse assaltante e me deparasse com alguém escandaloso, certamente perderia a paciência.

É alucinante o tanto de pensamentos que passam pela nossa mente em um momento como esse. São tantos que é quase impossível distinguir um do outro e a gente fica mais ou menos sem racionar. Mas uma frase martelava mais constantemente: - "Mantenha-se calma. Calma. Calma." E da forma como a pensava, repeti para os assaltantes.

- "Calma."

- "Calma coisa nenhuma! Vamo logo, senão a gente mete bala."

- "Eu preciso de calma para tirar meu relógio. O fecho é difícil de abrir."
- "Você fala demais, dona. Tô perdendo a paciência."

Naquele instante, percebi que eles estavam tão nervosos quanto eu. O garoto à minha frente também tremia. Passou até pela minha mente aplicar um dos golpes que tinha aprendido nas aulas de defesa pessoal, mas o cano do revólver, bem enfiado às minhas costas, me fez abandonar a idéia. Mesmo assim, não deixei de me aproveitar do nervosismo deles, na medida em que o meu diminuía. Retirei o relógio mais lentamente do que precisava, com a esperança de que alguém passasse pela rua, ou mesmo que o porteiro do meu prédio ou do prédio do João visse e fizesse alguma coisa. Mas nada. O jeito foi entregar tudo. Ainda brinquei, quando fui entregar os brincos:

- "É *bijoux*."
- "Cala a boca!!!"

Eles pegaram tudo e me largaram, jogando-me ao chão. E, sem conseguir me levantar, não sei por quê (aliás, eu acho que sei, ensaiei várias vezes fazer essa pergunta caso fosse assaltada) tive a audácia de ainda proferir esta última fala:

- "Não dá para vocês deixarem a bolsa não? Só o relógio já vale tanto!"

Um dos garotos, que já estavam de costas, voltou-se para mim, com uma cara de ódio que você não imagina e me deu um chute no rosto.

Só senti o gosto do sangue, o que me fez compreender melhor a dureza daquela realidade. Pronto, depois apaguei.

Acordei no hospital com minha mãe, meu pai, o João e o Eduardo no quarto.

- "Está tudo bem, minha filha." – mamãe falou.
- "Acharam minha bolsa?" – perguntei de imediato.
- "Como é que você ainda se lembra de perguntar por uma bolsa, depois do que aconteceu?" – perguntou o João, balançando a cabeça.

- "Você parece que não entende de mulher, apesar das inúmeras namoradas" – respondi sorrindo meio torto, por causa da boca inchada. "Como diria Shakespeare, se vivesse no mundo de hoje, 'há mais coisas entre a abotoadura e o fundo da bolsa de uma mulher do que pode imaginar nossa filosofia'. Eu mesma não sabia tudo que já estava lá dentro. E, além disso, era uma Birkin da Hermès, e laranja. Você não calcula o trabalho que dá para conseguir uma bolsa dessas."

Na verdade, disse isso não só porque estivesse propriamente preocupada com a bolsa, com meus documentos e todo o patrimônio imaterial que nela estava armazenado, mas porque não queria ficar naquele dramalhão mexicano de lamentar o assalto, lamentar o que eu tinha sofrido e coisa tal, logo na cama de um hospital, com a cara toda inchada. Até porque meus pais já são dramáticos o suficiente por toda a família.

- "Você fala demais, Jade. Precisa ficar calada" – disse o Eduardo.

- "Os assaltantes me disseram isso também."

Ao ouvirem isso eles riram. Ufa!

- "Vou ajudar vocês" – disse dirigindo-me ao João e ao Eduardo.

Os dois olharam pra mim.

Meu pai fez: – "Psiu!" – para eu me calar.

O doutor Márcio entrou no quarto e pediu para me examinar. Acenei um tchauzinho para todos e só dois dias depois, ainda de cara meio inchada, encontrei o João.

-"Chamei-o aqui porque sabe que só confio no senhor, não é Dr. Márcio?"

Ele era um dos melhores cirurgiões plásticos do país, talvez o melhor, mas o professor dele, com quem estagiou, ainda era o mais famoso. O preço que cobrava, porém, era muito mais justo que o do professor e a técnica era a mesma. Assim, em minha opinião, ele era proporcionalmente muito melhor. Mas bem. Eu o havia chamado para que analisasse com cuidado se não seria necessária uma plástica no meu rosto, depois da agressão.

-"Não se preocupe, Jade. Não será necessária uma cirurgia. Seu rosto está apenas muito inchado. Daqui a alguns dias vai voltar ao normal. Mas que coisa essa agressão que fizeram com você!"

-"Pois é. No fim, quando vi o sangue derramando, só me lembrei da música "Íris" do Goo Goo Dolls. Sabe, aquela que diz 'when everything feels like a movie, you bleed just to know you´re alive'?"

-"Não sei que música é, mas acho que posso compreender o que sentiu, já passei por algo parecido."

Quando o doutor Márcio saiu, apesar de ter evitado ao máximo, não agüentei e cai no choro. Um choro de tristeza.

Por mais que tentasse encarar o assalto sem melodramas, e tivesse até procurado rir

38

do episódio, a verdade é que o pior de uma situação como essa não é a dor física, ou a perda da minha bolsa e das jóias, ainda que isso também conte. É horrível ficar com desconfiança da humanidade, criar uma presunção de maldade nas pessoas, quase como uma doença do pânico, olhar para os outros esperando algo ruim, andar pelas ruas com a expectativa de que se pode ser assaltado... Logo eu que estava sempre tão alegre, me senti apunhalada no que tinha de melhor: minha fé na vida, no ser humano.

Talvez você imagine que estava sendo parcial demais, analisando a situação apenas de acordo com meus valores, sem considerar que também os garotos, que me assaltaram, há muito tempo já haviam perdido a fé no ser humano e, exatamente por isso, roubavam. A injustiça que sofri naquele instante se equipara ao sofrimento diário deles.

Pode ser que tudo isso seja verdade, mesmo assim não é motivo para que aceite a situação que vivi. Não se pode admitir o assalto como normal. Se há problemas sofridos por quem vive na pobreza que ignoro e motivos para a violência que também ignoro, tenho de lutar para combatê-los e não aceitar que sou privilegiada e devo me submeter a sofrimentos, que seriam justos por conta de minha posição privilegiada. Como o João bem disse, o desejo é que mais pessoas da sociedade desfrutem de meu padrão e não que o padrão se reduza, ou, pior que tudo se transforme em uma guerra de todos contra todos. De qualquer forma, ainda que existam inúmeros motivos que tornem a violência menos grotesca, ou menos injustificável, não há justificativa para a inércia do Estado na punição.

Seja como for, precisava fugir da tristeza, reagir de imediato. Ver coisas belas e gente bacana. Sim, a desgraça não está em todo lugar. Eu tinha de resgatar e enxergar a beleza dos relacionamentos e precisava ajudar também, fazer a minha parte. Definitivamente, eu iria me envolver com as idéias do João, ainda que tivesse de nelas fazer algumas alterações.

A PARALISAÇÃO

Assim como eu, várias pessoas decidiram apoiar o João. Não só o pessoal que estava na reunião, mas também outros comerciantes e industriais com os quais ele entrou em contato. Alguns, é claro, disseram que era uma loucura e riram. Mas ele não se deixou abater, e começou a greve.

Acompanhei em alguns estabelecimentos o anúncio da paralisação aos empregados. As reações foram as mais diversas. Alguns adoraram a idéia de férias coletivas. Ficaram só pensando nos passeios que iam fazer, nos programa de televisão a que iam assistir. Uns, com mais iniciativa, planejaram abrir o próprio negócio. Outros se desesperaram com medo de perder o emprego. Outros, apesar de terem ficado contentes com a folga, também se angustiaram com a idéia de ócio. Os que ficaram mais aborrecidos foram os mal-casados, que teriam de aturar maridos e esposas chatos por mais tempo. Foram tantas as conversas que você nem imagina. É fascinante observar como um mesmo fato repercute de maneira totalmente diversa em pessoas tão próximas.

A Samantha, com todo seu estilo Paris Hilton, resolveu fazer o anúncio aos jornalistas. Convocou não só o pessoal responsável pelos cadernos de política e economia, mas também os colunistas sociais amigos dela. Apesar de parecer desligada, ela sabia o grande poder de formação de opinião dos colunistas sociais.

Chamou a todos na exata manhã em que ia fechar, sem dar sequer uma pista do assunto aos jornalistas, nem avisar ao pessoal da organização da "greve" que iria chamá-los. Apenas anunciava para as pessoas a quem ligou:

- "Vocês vão gostar da notícia."

Alguns achavam que ela iria anunciar a expansão de sua cadeia de *delicatessen*; outros, que seria a venda dos estabelecimentos para uma rede alemã de supermercados. Quando efetivamente declarou que ia fechar suas lojas por tempo indeterminado, foi um alvoroço. Os jornalistas ficaram curiosíssimos, ansiosos pelos detalhes, pelos motivos da decisão:

- "O motivo é dificuldade financeira?"

- "É algum problema com o Fisco?"

- "Quantos empregados possui?"

- "O que pretende fazer com a paralisação das atividades? Alguma viagem planejada?"

- "Qual a marca do sapato que está usando?"

Com muita paciência e um sorriso calmo e teatral, a Samantha foi lentamente explicando o plano da paralisação, tendo logo de início, porém, afastado a dúvida quanto à marca de seu sapato: era um Patrick Cox. Depois foi informando:

- "São muitos os empregados porque não serei a única a fechar os negócios. Mas não se preocupem. No que depender da gente, não haverá desemprego, serão dadas férias coletivas. Nossa preocupação não é apenas econômica, mas queremos condições melhores para desenvolver nossas atividades..."

Foi show! A Samantha não tinha a menor cara de quem ia saber falar alguma coisa de política ou economia, mas foi espetacular. Depois ela me confessou que aprendeu quase tudo só lendo coluna social.

Mas, quando a Samantha já se preparava para sair, dois incidentes dignos de nota aconteceram.

Um foi a pergunta mais incisiva de um jornalista:

- "Se a senhora está tão preocupada com o país e com as condições de trabalho, não acha que deveria distribuir melhor toda sua fortuna e lutar por causas mais nobres?"

Gelei pela Samantha. Pensei: ela não vai saber responder. Mas que nada. Ela novamente se saiu muito bem.

- "Eu sou preocupada com causas mais nobres sim. Preocupo-me com o meio ambiente, com a favelização do meu país, tanto que faço parte de muitas organizações não-governamentais. Quanto à distribuição da minha fortuna, saiba que, além de pagar todos os meus tributos, eu dôo dinheiro para muitas instituições de caridade. E foi exatamente por isso que resolvi fazer essa paralisação. Porque apesar de todo esse meu esforço, não estava adiantando muita coisa, pois o muito dinheiro que entrego ao Estado e poderia estar sendo usado para outros fins, vai para não sei onde. E ninguém merece ser impedido de trabalhar. E com as condições que tenho aqui, é quase isso que ocorre."

Bem, depois ela me disse que só tinha decorado um pouco as palavras do João. Seja como for, o importante é que soube responder ao repórter.

O outro episódio relevante foi que uma cliente habitual da Samantha, ao saber que a rede de *delicatessen* ia fechar, teve um chilique.

- "Não é possível!!! Estava chegando para contratar o buffet da festa de aniversário do meu marido e me avisam que você vai fechar a loja. Como é que pode?"

- "Querida," – foi respondendo a Samantha com sua voz suave – "nós realmente só atenderemos os pedidos que foram feitos até ontem."

- "Isso não é possível!!! Já falei para todos os convidados sobre os macarrons estilo Ladurrée, sobre os blinis com caviar Ossetra da Pretrossian, importado por vocês. Já está todo mundo comentando. E só vocês me atenderiam como quero."

- "Eu sei, querida. Fico tentada a aceitar seu pedido, imagino que a festa será maravilhosa, com convidados interessantíssimos, mas, infelizmente, não posso. Dei minha palavra a muitas pessoas."

Quando viu que não seria mesmo possível negociar, a cliente perdeu toda a classe, deu um empurrão na Samantha e disse:

- "Tudo bem. É até bom que feche mesmo, porque não comprarei mais aqui. Vou resolver a minha festa em outro lugar."

Com o empurrão, a Samantha caiu no chão e ficou revoltada, com cara de monstro, mas, tão logo percebeu os inúmeros jornalistas, restabeleceu-se com rapidez e ainda teve a presença de espírito de se despedir delicadamente da senhora:

- "Sua festa será um sucesso mesmo assim. Boa sorte."

Depois, olhou para mim, piscando o olho e disse:

- "Você sabe, o cliente tem sempre razão..."

Bem, isso foi só uma prévia dos desdobramentos que ainda estavam por vir...

A PARALISAÇÃO NA MÍDIA

Variações da principal manchete estampada em quase todos os jornais nacionais:

"Empresas se unem e param atividades como protesto contra desorganização da máquina pública".

"Greve de empresários".

Manchete do dia seguinte:

"Equipe do Governo atônita diz que vai propor ação".

Terceiro dia:

"Empresários lançam propaganda sobre a greve e afirmam que não podem ser obrigados a trabalhar."

Quarto dia:

"Membros da equipe do governo se mostram preocupados com a possível diminuição da receita pública".

Estratégias de marketing

Por mais que o grupo estivesse convencido do benefício da paralisação para toda a sociedade, já que, ao final, se o plano desse certo, todos poderiam ter acesso a um Estado mais responsável, os membros da organização também sabiam que poderiam ser "pintados" como egoístas, preocupados apenas em economizar tributos, ou como um grupo de pessoas que "fala demais por não ter nada a dizer". Era preciso fazer algo que cativasse a simpatia do povo. Algo além das propagandas já veiculadas, uma idéia bem *pop* mesmo.

Decidimos fazer um *brainstorm*, como gostam de dizer os especialistas em Administração. Cada um propôs livremente o que entendia ser o mais adequado: alguns sugeriram um show com um cantor baiano ou sertanejo; outros, a criação de um *jingle* para veicular durante a novela das oito; outros, *merchandising* também durante a novela das oito.

Como se vê, a paralisação das atividades empresariais foi apenas em termos, porque não se parou de ter idéias de como incrementar o grande negócio em que se transformou a paralisação. Além disso, publicitários e jornalistas são indispensáveis à vida urbana moderna sempre, até na hora de não produzir. Aliás, principalmente nessas horas porque se não há produção, deve haver pelo menos entretenimento.

Mas bem no meio da confusão, a Samantha teve uma idéia:

- "Vamos fazer um desfile com *über models*."

Houve um silêncio, mas, antes que dissessem qualquer coisa, apoiei a idéia e complementei.

- "Ótimo. O mundo da moda hoje influencia todas as camadas sociais."

Depois já fui disparando:

- "As *top models* poderiam desfilar com camisetas com *slogans* da nossa campanha. E, para criar o desenho e o modelo das camisas, a gente chama estilistas-celebridades e alguns novos talentos. Coloca um fundo musical bem bacana e ainda faz um *show* depois. Para abrir os desfiles, podemos colocar algumas crianças carentes, vítimas de alguma omissão do Estado, ou que perderam o pai em assalto, ou que estão doentes e têm dificuldade de conseguir medicamentos. Com certeza, não faltará alguma opção semelhante. Ao fundo da passarela, a gente põe um telão bem grande com imagens da pobreza no país, das filas gigantes nas repartições públicas, gráficos do orçamento do governo...

Algo do tipo que a Madonna fez na turnê *Re-invention*, em relação ao governo Bush."

- "Adorei tudo." – disse o Eduardo – "Mas talvez seja pegar pesado colocar criança carente. O Estado também não é o culpado de todas as mazelas sociais."

- "Pode até não ser. Mas quem é o responsável pela distribuição de renda no país? Se a gente paga tributo, se sobra tributo, tanto que forma *superávit* primário e possibilita até elevadas despesas com propaganda governamental, o fato de não haver educação, hospital bom e coisa e tal é culpa do Estado, sim. É ele o responsável pela administração do dinheiro e pela repartição de receitas" - respondeu Gabriel, dono de uma empresa de carga e de transporte interestadual, e que também integrava o comitê diretor da organização.

- "É... Tem razão." – concordou o Eduardo.

- "E depois isso é *show business*, querido. É fundamental deixar tudo muito bonito e as crianças sempre comovem."

- "Retiro o que disse."

O grupo, então, se empolgou com a idéia e cada qual deu uma dica para tornar o evento ainda mais legal. Mas a própria Samantha levantou uma questão importante:

- "Essa camisa vai vender muito..."

E o João emendou:

- "É... Se isso acontecer, por um lado é bom, porque é sinal de que nossa idéia está se disseminando; mas, por outro lado, gerará tributo para o governo. Nossos propósitos vão, então, ficar um pouco enfraquecidos."

- "Pode não ser assim." – respondi. - "Vamos procurar um apoio na lei, para que não seja necessário pagar tributo, mesmo com a venda. A gente pode vender e reverter toda a renda arrecadada para instituições de caridade e organizações não-governamentais voltadas à proteção do meio ambiente. O que acham? Nesse caso, não teremos lucro; logo, pelo menos o imposto de renda não pagaremos. E pode ser que a lei estadual conceda isenção em relação ao ICMS."

- "De qualquer forma, conquistar a sociedade é muito importante. Temos de fazer esse evento."

É possível que você, leitor, esteja a fazer mil contas em sua cabeça, tentando mensurar a carga tributária e os custos de um evento como esse, e pensando: - "Será que isso seria mesmo exeqüível?" Mas talvez essa não seja a melhor maneira de examinar a questão.

O mais legal é se ater à idéia central da organização: a greve. Dos detalhes contábeis, não se preocupe, garanto que a gente deu um jeito. Não tenho como contá-los todos porque senão essa história ficaria um saco de ser narrada. Deixaria de ser uma história, na verdade, e passaria a ser ou uma aula de Contabilidade ou de Direito Tributário. Passemos, então, aos detalhes mais agradáveis.

O desfile realmente aconteceu. Foi emocionante demais!!!

As *tops* aceitaram desfilar de graça. Vários artistas, que só recebiam do governo a promessa de apoio à cultura, nada além disso, compareceram ao evento. Mas tivemos um pouco de trabalho para convencê-los. Chamamos alguns deles, perguntamos quanto ganhavam e mostramos o tanto que pagavam só de imposto de renda. Ao fim, apenas perguntávamos: o que você acha que é feito com esse valor? Vários quiseram apoiar.

O desfile foi tão legal que mesmo quem não estava empolgado entrou no clima total. As camisas ficaram lindas. As frases eram várias, mas em todas uma variação da reflexão: "Será que a sociedade é bem tratada, considerando o tanto que desembolsa de tributos?"

No início, Djavan apresentou-se tocando a música "Imposto", constante de seu CD "Matizes". Depois, enquanto as modelos e crianças desfilavam pela passarela, e a platéia visualizava ao fundo o telão com o vídeo, tocava a música *"Express yourself"* da Madonna, mixada por um DJ com a música "É" do Gonzaguinha, como se fosse um samba-electro, cheio de batucadas. No fim, veio a *top* das *tops*, segurando a mão de uma criança de 6 anos super fofa, e uma jovem grávida, com uma blusa branca com detalhes discretos em verde e amarelo, na qual estava escrito simplesmente: "É preciso mudar". Parecia uma produção do David Lachapelle.

A platéia se levantou e aplaudiu de pé. Nesse momento foram jogados ao céu inúmeros balões brancos. Foi lindo, lindo!!!

Nos dias seguintes, principalmente, graças às *tops* e às crianças, nosso desfile foi destaque até internacional. Saiu na CNN e tudo mais. O máximo!

Nos bastidores do poder

Diante da greve, com quatro de seus ministros, o Presidente da República decide fazer uma reunião de urgência para tratar da questão:

- "A gente tem de acabar com essa paralisação."

- "Não tem jeito, excelência. Não tem como, praticamente, obrigar os caras a abrirem as fábricas e lojas e colocar tudo para funcionar. Já propusemos a ação judicial, o juiz deu uma liminar impondo multa para o caso de eles continuarem com a greve, mas disseram que preferem pagar a multa a ter de funcionar na situação em que estavam. Além disso, disseram ter esperanças de mudar essa decisão. Têm bons advogados, e a sociedade parece que está começando a simpatizar com a causa deles."

- "Será que a gente não pode exigir que eles paguem igual quantidade de tributos mesmo assim?"

- "Não, Excelência, não dá porque eles não estão realizando o 'fato gerador'. O imposto é sobre a venda e eles não estão vendendo, ou sobre a compra, mas não estão comprando, ou ainda sobre a renda, mas não estão tendo renda. O senhor está entendendo? A lei é clara. Se não ganham, não pagam."

- "Ora, e quem faz a lei? Não somos nós? E meu poder de criar leis de urgência, sem precisar de aprovação do Congresso? Pois vou criar uma, afirmando que eles terão de indenizar o Governo pelos prejuízos decorrentes da falta dos tributos que tinham de estar recolhendo com o funcionamento normal dos negócios."

- "Excelência, acho que talvez isso também não seja possível. Sabe o que é mais grave?"

- "Não. Me diga logo."

- "O senhor sabe, a internet é um problema para o governo porque agora é muito mais fácil saber informações sobre o orçamento e sobre a forma como o executamos. Os jornais mais do que nunca funcionam como um quarto poder. O que um jornalista diz é acessado na mesma hora por milhares de pessoas, nesse bocado de *blogs* que tem por aí."

- "Pois então contrata um jornalista para dizer o que a gente quer."

- "Não adianta, Excelência. Tem muito jornalista recusando fazer isso. Não adianta ter um afirmando algo a nosso favor, quando há vários outros contra. Eles estão virando detetives de primeira. Em relação ao orçamento, por exemplo, há inúmeras divulgações sobre nossos gastos, comprovando que a arrecadação é alta. Informando que os gastos com educação e saúde diminuíram, mesmo com o aumento da arrecadação. Tem até uma planilha demonstrando que o Governo gasta mais com xérox do que com segurança pública."

- "Então vou fazer um pronunciamento em cadeia nacional, dizendo que vamos ter de fazer mais cortes com os serviços essenciais, pois agora não tem dinheiro mesmo. E vou dizer que a culpa é deles. E aí quero ver de que lado o resto da população vai ficar."

- "Pois aí é que está, Excelência. Com todo o respeito, acho que não entendeu a situação. Se fizermos isso, eles vão falar mais ainda do Governo. Porque, de acordo com os cálculos, a diminuição na arrecadação causada pela greve não é tão grande assim que impeça o pagamento dos juros da dívida externa e a execução dos serviços públicos essenciais. Ainda sobra um pouco para os gastos da Administração, como pagamento de pessoal, essas coisas. E é nesse ponto que eles querem pegar a gente porque, divulgando esses cálculos, demonstram que o que falta é organização nos gastos e não dinheiro para os problemas que são de interesse público."

- "Então, a partir de agora, temos de bloquear o acesso a essas informações."

- "Excelência, vão acusar a gente de estar transformando o país na China ou na Rússia. Não há como impedir o acesso. Com a internet ficou muito difícil controlar o trânsito de informações. Diante da greve, o que eles fizeram foi transformar essas informações em algo de maior interesse da população. Estão fazendo propaganda, fizeram até um desfile de moda e lançaram uma blusa com o slogan: 'Pague seus tributos...' (na frente) e 'Exija o retorno' (atrás)."

- "Pois o único jeito é tentar dialogar com algum deles. Sabe, oferecer um dinheirinho, um incentivo para a empresa, uma isenção. Vamos procurar descobrir quem são os mais influentes da organização e tentar ter um diálogo direto."

- "Presidente, o Senhor me desculpe, mas acho que também isso não vai dar muito certo porque até onde sei, eles estão muito engajados. Apesar de a greve haver reunido concorrentes, a organização central é de pessoas muito amigas, amigas de infância, inclusive. Ao que parece, pelo que soube de minhas fontes, até já trataram da possibilidade de uma oferta como essa, sobre como iriam proceder, coisa e tal. Ou seja, estão bem preparados. Não iriam admitir um fraco de espírito na organização."

- "E o que você sugere, então? Tudo que digo, afirma que está errado! Sugere que aceite as exigências deles?! Nem pensar" – disse o Presidente enfurecido, batendo a palma da mão com força na mesa.

- "Calma, Presidente. Tenho uma idéia."

- "Diga logo, meu filho, porque já estou de saco cheio desse assunto. Estou doido para poder jogar uma pelada em paz, sem um problema dessa gravidade na minha cabeça."

- "Vamos anunciar um corte no salário dos funcionários públicos."

O Presidente fez uma cara de pavor, mas, antes que pudesse falar, o ministro continuou.

- "Não se preocupe, Presidente. Vai dar tudo certo, deixe-me terminar meu raciocínio."

- "Prossiga, prossiga, então..."

- "De acordo com a lei de responsabilidade fiscal, diante da falta de recursos, os salários dos funcionários de livre provimento não estáveis podem ser reduzidos sim. Aí anunciaremos em rede nacional que tomamos essa medida porque jamais aceitaríamos cortar despesas com os serviços da população, já que é com o povo o nosso compromisso maior. Além disso, anunciaremos o congelamento de toda a remuneração do serviço público, diante da falta de recursos, e extinguiremos alguns cargos. Vamos ficar como "bons moços" perante a sociedade."

- "Quanto ao congelamento tudo bem porque o salário deles já estava congelado mesmo. Por esse lado, foi até bom porque não estava mesmo com intenção de cumprir a promessa de aumento, e agora temos um bom motivo para isso. Mas, quanto à extinção de cargos e à redução de vencimentos, você só pode estar ficando louco. Muitos servidores vão querer me matar."

- "Vão nada, Excelência. Os servidores honestos vão escolher os caminhos legais e políticos para contestar sua decisão, vão às ruas, coisa desse tipo. Os desonestos, que são minoria, nem vão sentir falta do valor que vai ser cortado, porque o 'grosso' do salário deles vem de fora, e eles vão continuar a exigir esse valor dos empresários que também são desonestos. Talvez os servidores honestos queiram o seu *impeachment*, por descumprimento da lei orçamentária, mas nisso a gente dá um jeito. Temos justificativas de sobra para o que estamos fazendo."

- "Huuummm!... Deixe-me pensar" - disse o Presidente pegando no queixo.

Depois de alguns minutos de silêncio, respondeu:

- "Está bem, vamos tentar executar essa sugestão."

- "Ótimo, Excelência" - rebateu o ministro entusiasmado por haver convencido o Presidente.

O ministro, então, foi se retirando da sala, com um riso de sucesso, se despedindo apenas com acenos aos amigos e dizendo:

- "Vou correr e providenciar tudo."

Quando a porta bateu, o Presidente olhou para outro ministro, acenou com a mão para que se encaminhasse até bem próximo dele, e cochichou em seu ouvido:

- "Quero, de todo jeito, tentar o plano A."

- "Que plano A, Excelência?"

- "Tentar negociar diretamente com um dos empresários. Mande investigar tudo da vida deles. Coloque grampos, quebre sigilos, tudo. E ofereça uma vantagem."

- "Tudo bem, Excelência, vou providenciar."

Problemas na organização

- "Viva, viva!!!" – eu disse batendo palmas. - "Tem uma multidão de gente lá fora querendo nos ajudar no comitê. Nunca pensei que fosse ser tão emocionante!!!"

Da janela, observando as pessoas gritando do lado de fora, podia até imaginar a emoção de um *pop star* em pleno Maracanã lotado.

- "Pessoal, vem olhar" - disse, dirigindo-me mais uma vez ao grupo de sempre que se reunia ao redor da mesa de jantar.

- "Espera aí, só um pouco, Jade, já estou indo" – o João me respondeu, aliás ele foi o único que respondeu.

Como não vinham, resolvi ir até eles para me inteirar do que estava acontecendo.

- "E aí? Sobre o que estão conversando? Vocês ouviram quando chamei para verem a multidão lá fora?"

- "Não, a gente não está falando da greve, não. Estamos falando do carro que o Eduardo acabou de comprar." - A Samantha respondeu.

- "Ah!... Legal." – respondi assim meio sem entusiasmo.

Apesar de adorar carro, sempre achei um saco ficar falando do assunto, ainda mais com o Eduardo. Pois, por mais que fosse um cara legal, era deslumbrado, principalmente com carro, porque custou a ter dinheiro para comprar um que fosse digno de comentário. Além disso, era o maior bobão, tinha comprado o carro só para se exibir e não para curtir. Você sabe, deve conhecer várias pessoas assim. Dizem que mulher escolhe os passos da própria vida pensando no que outra mulher vai dizer, mas muitos homens são do mesmo jeito. Homem falando de marca de carro, ou de avião, ou de helicóptero, é tão chato quanto mulher falando de marca de roupa. Só que eles não percebem isso.

Talvez eu ficasse com gastura da cena porque me lembrasse do conselho que uma super amiga minha chamada Paty havia me dado na adolescência: - "Foge de homem que fala muito de carro. Isso é um sinal claro de baixo desempenho sexual. Se o cara é bonito, legal e se garante, vai falar de coisa melhor. Até por questão de inteligência, jamais seja maria-gasolina. Ouve o que te falo." - depois que dizia isso caía na gargalhada. Era engraçado.

Realmente, sempre suspeitara do desempenho do Eduardo porque ele cometia outra gafe masculina horrível: relatava as experiências sexuais, dizendo o nome das mulheres com quem saía. Sabia disso porque embora esse tipo de comentário ocorra primariamente em rodas masculinas, terminam vazando: um homem que escutou conta para a namorada, mulher, irmã, melhor amiga... Seja como for, o que importa é que ele dizia que tinha prazer com determinadas mulheres muito bonitas e conhecidas apenas para, no fim das contas, se satisfazer com a idéia que os amigos fariam dele. Ou seja, fazia sexo não propriamente para saciar as mulheres, ou a si, mas seus amigos homens. Isso não é comportamento de quem tem a masculinidade definida!

Ah!... Mas o João não era assim que nem o Eduardo. Geralmente, tinha alguma aventura engraçada para contar. O carro, qualquer que fosse, era só um detalhe. Ah!... Eu sempre me perdendo nesses elogios... Voltemos ao que interessa.

Olhei novamente para o Eduardo e, sem querer ser tão chata quanto ele, disse:

- "Depois quero ver seu carro e até passear."

Logo depois, porém, continuei:

– "Mas só depois, porque agora vocês têm de ir até a janela ver a multidão de pessoas lá fora, querendo nos apoiar."

Eles então foram. Assim como eu, ficaram emocionados. Não havia como não ficar. A força da multidão é alucinante. É como ouvir uma música muito animada e eletrizante. Não dá mesmo para ficar indiferente.

O Eduardo de queixo na mão disse:

- "Acho que já alcançamos nossos objetivos."

- "Como assim?" – perguntaram todos.

- "Só será necessário um mês de greve."

- "Não foi esse o combinado" – lembrou o João.

- "Claro, a gente não estava contando com o apoio tão grande da sociedade" – rebateu o Eduardo mais uma vez.

Pronto. Daí foi o bate-boca entre o João e o Eduardo. O João não conseguia se conformar:

- "Eduardo, é ótimo contar com o apoio da sociedade, mas um mês é muito pouco para o Governo sentir algum baque no orçamento. Temos de ficar mais um tempo."

- "Pois é. Só que, assim como a gente não esperava tanto apoio da sociedade, também não achava que fosse sentir tanto a falta do meu negócio. Tanto porque gosto de trabalhar como porque estou sentindo falta dos lucros. Estou perdendo muitas oportunidades boas."

- "Bicho, isso é muito f... Tivemos várias reuniões para conscientizar todo mundo sobre o baque emocional e financeiro que ia ser para a gente parar as atividades. Mesmo depois de todos os alertas, a gente topou. Agora não dá pra largar tudo. Está achando que o Governo vai ser bonzinho e atender logo de cara nossos pedidos? Com eles, até agora, nada conseguimos. Esse apoio da sociedade ainda não foi sentido lá por cima."

- "Não sei. Acho que vão ter de continuar sem mim."
- "Não acredito, Eduardo. Logo você, que praticamente bolou tudo comigo?" – disse o João já quase gritando.
- "E daí? Só por conta disso, agora estou preso? Você está ficando muito autoritário, João. Está querendo ter idéia para tudo e mandar em todo mundo, só porque está organizando a paralisação."
- "Que é isso, meu irmão? Que história é essa de mandar? Aqui a gente não tem idéias juntos? Às vezes, tomo a frente só na hora de executar, mas, se quiser ficar no meu lugar, pode ir. Estou pouco me lixando para aparecer. Quero é ver as coisas funcionando. Também quero acabar com a paralisação o quanto antes, apenas acho que esse ainda não é o momento. Aliás, mesmo pensando só nos prejuízos que estamos amargando, se pararmos agora eles terão sido em vão, pois nossas chances de conseguirmos algum resultado serão muito menores."

O João com raiva ficava ainda mais lindo porque ficava mais másculo. E eu concordava 100% com ele naquele momento.

- "Sabe de uma coisa, vamos fazer uma votação" – disse o Eduardo.
- "Beleza" – respondeu o João, meio p..., mas concordando.

A votação foi feita, e quase todo mundo decidiu que era preciso continuar.

O Eduardo, então, percebeu a mancada dele. Não era o João que estava querendo ir adiante. Era o grupo, por necessidade, porque era mais do que evidente que o Governo ainda não tinha sentido direito a pressão.

- "Foi mal, cara" - disse ele, dando um tapinha nas costas do João.
- "Tudo bem, mas vê se não vacila mais, meu irmão" – disse ele p...

O João agora andava sempre irritado. Acho que era a tensão. Aquela discussão com o Eduardo piorou um pouco a situação. De qualquer forma, ele era gente boa demais para que isso me contrariasse. E, como já disse, era tão lindo e charmoso que, mesmo nessas situações, não conseguia deixar de admirá-lo. Na verdade, com raiva acho que ficava ainda mais charmoso. Era meu guerreiro.

Repercussões no cotidiano

Se o bater de asas de uma borboleta pode ter efeitos imprevisíveis sobre a vida, imagine você aí a confusão que algo com as proporções dessa greve gerou.

Foram muitas as mudanças, tanto em singelezas do cotidiano como em situações complexas, nos mais diversos setores como, por exemplo, na política e na economia. Aliás, o mais interessante foi observar o quanto essas singelezas do cotidiano podem ter importância bem maior do que se imagina. A correria do dia-a-dia, às vezes, nos leva a ignorar o quanto pessoas e coisas que parecem irrelevantes são, na verdade, quase o centro de nossa vivência. É o cheirinho do pão preferido, o prazer de entrar em lugares bonitos e organizados, ou até feios e desorganizados, mas aos quais estamos acostumados.

Pois foi exatamente nesse ponto que a greve mais causou impacto. É claro que, com o fechamento da loja da Samantha, várias outras padarias tentaram ocupar o lugar dela e passaram a vender produtos semelhantes. Mas não era a mesma coisa. A delicatessen da Samantha era linda, linda, cheirosa, organizada. Dava gosto de entrar. E é claro que vendia produtos caríssimos, mas também vendia um pão carioquinha maravilhoso, quase do mesmo preço pelo qual outras tantas padarias de qualidade inferior vendiam. E, por mais aristocrático que pudesse parecer, era, na verdade, um lugar bastante democrático. Empregadas e patroas conviviam harmoniosamente na filinha do pão. E, se duvidar, considerando a poderosa rede comunitária de informações a que eram ligadas as empregadas, talvez detivessem muito mais poder do que suas patroas. Sabiam dos detalhes mais íntimos da vida de cada uma e poderiam destruir impérios familiares e econômicos. A Samantha exigia que seus funcionários tratassem a todos com um largo sorriso no rosto: pobre, rico, bonito ou feio.

Uma padaria concorrente que havia próximo e uma outra que abriu de improviso ficaram no lugar da delicatessen sede da Samantha, que, por sinal, era perto do meu apartamento.

Sempre adorei ir a padarias e lugares afins. Assim, fui conhecer os novos *points* do bairro, até por curiosidade. Gente, vocês não imaginam a confusão, o ti-ti-ti entre os clientes. Era uma bagunça. Não dava nem gosto comprar o pãozinho.

Mas não foi só isso não. Havia vários outros pequenos negócios ao redor da delicatessen da Samantha, que também fecharam, mesmo contra a vontade dos donos, porque perderam a clientela, já que era formada exatamente pelas mesmas pessoas que durante todo o dia iam comprar alguma coisa na "deli" da Samantha.

O mais engraçado foi quando encontrei um conhecido meu, autoridade do Governo, reclamando da confusão na padaria que agora estava preenchendo a ausência da "deli" da Samantha.

- Excelência, como vai o senhor? – eu disse com um sorriso sincero de felicidade. Adorava encontrar conhecidos para bater um papo descompromissado. Além disso - confesso essa perversidade -, foi divertido vê-lo do alto de sua pose ter de se submeter àquele tratamento constrangedor, de ficar apelando no balcão pela atenção da funcionária da padaria.

Ele sorriu para mim, com um cumprimento, e respondeu:

- "Tudo bem, na medida do possível... Essa confusão que tais empresários andam aprontando vem me irritando. Onde já se viu? Com o fechamento de várias padarias no bairro é agora essa confusão."

Fiquei sem saber o que dizer porque estava envolvida no episódio. Apenas sorri de volta e disse:

- "Pois é. Está uma confusão mesmo." – Mas depois resolvi perguntar: - "O senhor já pensou na importância da reivindicação deles?"

Antes que a autoridade respondesse, o João apareceu e nos cumprimentou. Eu havia marcado um encontro com ele. E, quando viu com quem eu conversava, deu logo um largo e enigmático sorriso.

- "Excelência, o senhor não sabe como fico feliz em vê-lo!!!"

- "É um prazer encontrá-lo também, João. Como andam os negócios?" – perguntou a autoridade com um sorriso igualmente enigmático.

- "Andam ótimos. Agora estão dando lucro, sem me dar tanto trabalho. O senhor deve imaginar como é complicado ficar tentando desembaraçar produtos e botar negócios para funcionar. A máquina burocrática é muito eficiente e forte, bem mais forte que a nossa paciência para aturá-la." – O João falava isso, sem conseguir afastar o sorriso do rosto.

- "Faz parte, né?" – respondeu a autoridade já meio sem jeito.

- "Pois é. Faz parte, por isso resolvi não aceitar mais jogar esse jogo. O bobo era mesmo eu. Se a máquina está certa e eu errado, melhor mesmo foi ter me retirado de campo."

- "Bem, deixa eu tentar comprar aqui o pão." – Foi se esgueirando a autoridade, tentando sair de fininho. – "Até mais, minha filha" – disse olhando para mim.

Com sua barriga avantajada foi tentando arranjar espaço mais perto do balcão. O corpo dele era um reflexo da mente acostumada à inércia. Tinha aquele jeito, meio de quem não resolve nada diretamente, só manda resolver. Como não havia quem fizesse ginástica no lugar dele para queimar calorias, as gorduras se acumularam.

O coitado esperou, esperou, e nada de chegar a vez dele. Certamente, sua impaciência foi catalisada pela fome conjugada ao cheirinho do pão que não chegava. Até que simplesmente não agüentou mais a espera e saiu reclamando padaria afora.

- "Esse negócio é uma espelunca. Não presta. Só em um país desse mesmo para não ter serviço de qualidade. Estão pensando o quê? Eu estou pagando!!! Isso é um lixo. Vou-me embora."

- "Pra Pasárgada?" – perguntou João rindo, o mesmo riso anterior. – "Não precisa não, aqui o senhor já é amigo do Rei."

- "Não sei se estou entendendo bem o que quer dizer, mocinho, mas exijo respeito. Não fosse pela minha pressa em sair deste lugar, você teria de me dar boas explicações sobre sua rispidez."

- "Sem brincadeira, sabe de uma coisa? O senhor deveria colocar um negócio com qualidade, que nem a "deli" da Samantha, da qual o senhor tanto gostava. Mas vou avisar: não é moleza. O senhor tem que se preparar para ralar. E espero que, pelo meio do caminho, não encontre alguém parecido com o senhor, bem lento e arbitrário, para atrapalhar tudo."

A autoridade, então, apenas olhou bem séria em nossos olhos, empurrou com força o braço de João para que saísse de sua frente e passou pelo meio das pessoas, bufando de raiva.

O João deu uma gargalhada. Não era uma gargalhada de quem estava verdadeiramente se divertindo, mas apenas aliviando um ódio.

- "Você é louco, João?" – perguntei.

- "Louco é ele. Onde já se viu gritar assim com os funcionários do lugar, só porque não podem fazer o que ele quer? Não está vendo que todo mundo aqui está sendo atendido precariamente pela falta de espaço e pelo excesso de demanda?"

Fiquei meio chocada porque era um senhor polido, apesar dos ares de importância e do convencimento. Eu ia com a cara dele. Seja como for, era uma autoridade, e não conseguia deixar de respeitá-lo por essa simples condição. Insisti em indagar ao João:

- "Como disse isso para ele? É uma autoridade, merece respeito."

"Você precisa reavaliar seus conceitos. Muuuito engraçado! Passa o tempo falando de dignidade da pessoa humana e vem com essa de que 'porque ele é uma autoridade merece mais respeito'. Todo mundo merece respeito. Você, eu, o Zé da esquina, o 'mano' debaixo da ponte e a pessoa que eventualmente exerce função pública. E fique sabendo que ele me desrespeitou, apesar de toda essa pose polida. E não fui mal-educado nem grosseiro coisa nenhuma. Pronunciei com a voz delicada, somente para ele ouvir, algo que desejava falar há muito tempo."

Depois de um breve silêncio, João continuou:

- "Nada melhor que um estágio, ao longo da própria vida, para perceber que ninguém é tão dono da verdade, do poder e da razão. Não podia perder a oportunidade. Se essa greve acabasse amanhã, já teria valido só por isso."

O João definitivamente estava estressado, mas, novamente, eu não podia deixar de concordar um pouco com o que ele havia dito. Também não podia deixar de concordar que tinha sido um pouco bem feito. Até porque depois o João me explicou que aquela autoridade havia sido uma das coniventes com a apreensão das castanhas. Quando o João foi falar com ele para explicar a situação e tentar liberá-las, a autoridade não demonstrou a menor sensibilidade. Limitou-se a dizer que tivesse calma, porque todos os problemas precisavam de solução urgente, o dele era só mais um. E mais, o João soube, por uma amiga que trabalhava com a autoridade, que em sua opinião os empresários são todos uns ladrões que apenas pensam em roubar o máximo que podem do Estado, sonegando tributo. Como se não tivessem idéias, não trabalhassem, não gerassem empregos, fossem exploradores parasitas da economia.

Naquela situação, a autoridade viu que não era bem assim. E logo como? Com um simples pãozinho. Sorte que ele não precisou ser atendido em um hospital público, nem precisou de serviço de segurança particular em sua residência, para constatar o quanto a iniciativa privada é importante. É, talvez o João não tivesse sido tão grosseiro assim.

Eu sei que vocês estão louquinhos para saber o nome da autoridade, mas não vou dizer não. Deixem pra lá. As autoridades passam pelo poder, e as que se comportam dessa maneira são esquecidas assim que se afastam da função que exercem. O nome delas definitivamente não importa.

Só contei os efeitos da greve utilizando a delicatessen da Samantha como exemplo, porque, como disse, era próxima à minha casa, e senti mais o impacto. Mas esse mesmo efeito foi sentido em diversos lugares, não só porque a Samantha tinha vários estabelecimentos espalhados pela cidade, como porque foram vários os tipos de negócios que aderiram à greve. Inclusive padarias mais simples.

Com as fábricas, os efeitos da paralisação foram ainda mais devastadores. O Eduardo tinha uma fábrica em uma cidadezinha do interior em que os habitantes praticamente viviam em torno da vida nessa indústria: de fofocas à feitura das marmitas para trabalhadores, a redução nos fatos sociais interessantes foi enorme.

Na verdade, falei logo de negócio bem sofisticado para que se afaste a idéia de que negócios luxuosos só favorecem os que têm dinheiro. É como bem diz aquela música "Comida", dos Titãs: "A gente não quer só comer, a gente quer prazer pra aliviar a dor." Seja que gente for, é assim.

Nos bastidores do poder II

Na alfândega, seu Sebastião, um servidor público da repartição, andava impaciente de um lado para o outro sem ter o que fazer. Já havia jogado paciência no computador, jogado conversa fora com os amigos, jogado bolinha de papel amassado na cesta de lixo... Mas todos esses atos pareciam não fazer passar o tempo porque tudo continuava parado. Sua jornada de trabalho, nos últimos dias, era interminável.

Seu Sebastião gostava do que fazia. Fiscalizava como quem caça o inimigo. Afinal era ou não era sua função? Tinha de desconfiar e exigir o cumprimento das normas no mínimo detalhe, ainda que esse detalhe se mostrasse absurdo no caso. Mas a lei é a lei. Para ele, essa história de interpretar era coisa de quem não queria respeitá-la. Não se conformava: tinha geralmente à sua frente uma instrução clarinha a ser cumprida e muitas vezes chegava o sujeito acompanhado do advogado invocando o artigo tal da Constituição, e palavra aqui, palavra acolá, interpretação daqui e de lá,... umas coisas complicadas que sempre terminavam com não sei quê de direito fundamental e pronto.

Pois é. Mas seu Sebastião, nos últimos dias, andava com pouco trabalho. As importações e exportações haviam se reduzido. Já que era bastante eficiente, havia feito o desembaraço das importações pendentes e o encaminhamento das exportações. E, como lhe contei no início do capítulo, estava com pouco mais o que fazer. Aproveitou, então, para caminhar pelo cais e observar o mar e as docas. Por mais que fizesse anos que trabalhasse ali, seu Sebastião não se cansava de admirar a paisagem. Talvez por isso tivesse tanta paixão pelo trabalho. Além, é claro, de estar satisfeito com a garantia dos vencimentos irredutíveis de servidor público todo finalzinho de mês.

De repente, seu Sebastião parou em frente a um dos galpões das docas. Abriu a porta e ficou olhando uma montanha de sacos.

Eram sacos de trigo apreendidos por ele havia alguns meses, por suspeitar que determinado contribuinte não cumprira certas exigências do regulamento aduaneiro. O contribuinte ainda estava sob fiscalização. Não havia encontrado nada, e talvez nem devesse nada, caso descobrisse que tais exigências não tinham mesmo sido cumpridas, pois o trigo procedia da Argentina, integrante do Mercosul, não podendo sofrer restrições aduaneiras para entrar no Brasil. Mesmo assim. Mas não cansava de investigar.

Entrou no galpão e começou a examinar os sacos. Não que examinar o trigo fosse seu trabalho. Fazia aquilo simplesmente porque, como disse, não tinha mais nada o que fazer. Leu algumas especificações sobre a origem em um saco e verificou a data de validade. E... Já estava tudo vencido. O trigo não podia mais ser consumido como alimento.

Em outros tempos, talvez esse fato não tivesse abalado seu Sebastião. Mas agora... Além de todos os motivos econômicos, reflexões ecológicas e sociais faziam com que sentisse dó por todo aquele estrago de comida. Seja como fosse, não tinha nada a fazer, havia cumprido seu dever de fiscalizar. Como dizia, a lei é a lei, se não havia brechas para outro comportamento, bem... isso era um problema da lei e não dele.

Já era quase fim de expediente, e, ao ver o sol se pôr, seu Sebastião percebeu que era hora de ir para casa. Voltou a seu gabinete e checou seus e-mails. Havia apenas spams e uma nova mensagem, enviada por

seu colega, Mário. Em termos normais, se correspondiam para trocar piadas, comunicar liquidações de cerveja e falar sobre assuntos do trabalho. Falavam de tudo em um mesmo e-mail, tanto que não colocavam título no assunto, mas aquele tinha um assunto: salário. A mensagem era sucinta, nos seguintes termos:

"Tião,

Recebi comunicação informando redução de salário. Todos os adicionais serão cortados. Diante da crise econômica, redução da arrecadação, o Ministro da Fazenda mandou reduzir nossos salários. Disse que era melhor isso a reduzir gastos com serviços públicos. Após produzir essa frase, voou para passar o fim de semana em sua fazenda em um jato do governo. Na mesma reunião, decidiu realizar compras de novos carros blindados para agentes políticos do alto escalão do Executivo. Decidiu que era importante se protegerem melhor diante das mudanças sociais e manifestações provocadas pela greve.

Mário."

Seu Sebastião era um homem solitário e econômico. O corte nas gratificações e a diminuição no salário certamente não lhe fariam falta, mas um ódio encheu-lhe o peito com intensidade que poucas vezes sentira. Não era justo que logo ele, sempre tão dedicado ao trabalho e à causa da arrecadação, fosse ser desconsiderado daquela forma.

Fechou tudo, desligou o computador e foi caminhando até o ponto do ônibus. No percurso, observou alguns mendigos que dormiam na calçada, em caixas de papelão desmontadas, e os restos de comida estragada ao redor deles. Em outra ocasião, teria pensado que a situação miserável deles era toda culpa do capitalismo selvagem, da ânsia dos empresários de lucrarem a qualquer custo. Mas novamente lembrou-se do trigo cujo prazo de validade havia expirado, e por sua culpa concorrente. Por alguns instantes, duvidou da verdade que então se mostrava tão evidente: o Estado, a lei, nem sempre eram instrumentos da justiça. Até que ponto a disciplina excessiva da liberdade não implicava sua destruição? Seu Sebastião desejou que o dono do trigo aparecesse para reclamar a mercadoria, mas já era tarde demais.

De repente, parou, voltou correndo para as docas e, mesmo sem lei autorizando, abriu as portas do galpão onde estava o trigo estragado. Chamou os mendigos. Disse que tinha comida para lhes dar.

Evidentemente, vieram correndo. Se comiam lixo, haveriam de comer o trigo vencido. Melhor do que o estrago total, pensou seu Sebastião.

Mas ao chegarem, e depois de abrirem os sacos com voracidade, entreolharam-se e saíram andando de volta lentamente, rindo ironicamente, em um misto de humilhação e superioridade.

-"Ó aí! O cara pensa que só porque somos pobre, temo estômago de porco. Comer esse troço aqui é que nem comer palha. Melhor ficar na saída do supermercado, pra descolar uns biscoito estragado. É menos feio e mais gostoso. A gente passa fome e ele é que pira."

Os outros apenas gritaram um iiiih, tirando sarro de seu Sebastião e da situação.

Seu Sebastião rumou novamente em direção ao ponto de ônibus e teve vontade de chutar a lata de lixo, próximo à parada, tamanha era sua raiva, de si, da situação, do Governo... e dos empresários, que tinham inventado toda aquela greve. Não chutou, pois, por mais forte que fosse sua raiva, não se igualava a seu grau de civilidade.

Naquele instante não podia deixar de reconhecer que havia mudado um pouco sua visão sobre a livre iniciativa. Desejava que tudo fosse como antes, que os empresários estivessem querendo atuar... Ao ver seu salário cortado, diante daquela desculpa esfarrapada, sentiu na pele o que ouvia vários contribuintes afirmando: o que mais revolta não é a exigência de dinheiro, mas o destino que o Governo dá a ele. Era mesmo preciso mudar...

Problemas no caixa

Quando saímos da padaria, fomos eu e João até a casa dele para uma reunião de cúpula sobre as finanças do grupo. Fomos caminhando. Durante o percurso, por mais que mil idéias estivessem a passar em nossa mente, devo confessar que surgiu um clima meio sensual.

Andávamos lado a lado, um pouco distantes, mas em minha pele sentia uma leve coceira, um desejo de encostar na pele dele, de pegar-lhe na mão. Ele usava uma camisa de malha macia que dava vontade de tocar. Como vivo cercada de engravatados de paletó, achava o maior charme o estilo casual chique do João, o que, em minha opinião, tornava-o muito mais atraente. Naquele instante, reparei com mais atenção nesses detalhes.

Fomos nos aproximando, caminhando mais juntos. De repente, não sei se porque minhas pernas já estavam um pouco trêmulas, ou se porque o salto do sapato era mesmo alto demais para o percurso e tipo de chão, desequilibrei-me para o lado e cai sobre seu corpo. Só nao caímos os dois no chão porque ele evitou que eu me jogasse mais para seu lado. Pegou na minha cintura, equilibrando-me de volta e... não posso esquecer aquele momento. Suas mãos eram firmes e fortes como a própria personalidade. Depois de me segurar, virou-me para perguntar se estava passando bem, e ficamos alguns instantes olho no olho, sem que eu nada respondesse. O beijo foi inevitável, em uma concretização de pensamentos que exigiam, na verdade, muito mais do que um simples beijo.

Não sei quanto tempo durou aquele instante. Fomos interrompidos por uma buzina alta de carro - o que foi bom porque já estávamos perto de casa e logo em seguida apareceu o Eduardo. Por sorte, já estávamos recompostos.

- "Vejo que chegaram pontualmente."

- "É... Estávamos na padaria e viemos caminhando já há alguns instantes. Não queríamos nos atrasar" – afirmou o João.

- "Precisamos ter uma conversa séria."

- "O que foi?" – perguntei.

- "É melhor conversarmos lá dentro. Não quero falar sobre o assunto em público. Ainda que seja um público desconhecido. Nunca se sabe quem pode nos ouvir."

Tão logo chegamos à casa do João, o Eduardo confessou:

- "O dinheiro está desaparecendo de nossas contas. Só dispomos, agora, de uma quantia mínima. Não temos mais como continuar com a greve, a não ser que admitamos mudar inteiramente nosso padrão de vida."

- "Como assim está desaparecendo?" – perguntei.

Nesse momento a Samantha chegou. E tendo escutado minha frase, demonstrou logo curiosidade.

- "O que está desaparecendo?"

- "O dinheiro das contas no exterior."

Ela ficou ainda mais branca do que era e se jogou para trás na cadeira Oscar Niemayer da sala de estar do João.

- "Não sei. Não é possível rastrear para onde o dinheiro foi porque, na verdade, o banco apenas informou que foi sacado" – respondeu o Eduardo.

- "Como sacado? Só eu, você e a Samantha dispomos da senha de acesso. Como é possível alguém ter sacado o dinheiro?" – perguntou João irritadíssimo.

- "Eis a questão. Pedi aos bancos informações sobre o destino do dinheiro, mas você sabe... Sem contato direto com o gerente não é tão fácil obter esses dados. Só há um detalhe estranho. Apesar de não ter dito o destino do dinheiro, foi-me dada a informação de que os valores foram sacados por você e pela Samantha, conjuntamente."

- "Impossível! Que história é essa? Nem sequer saí do Brasil. Tenho que investigar isso melhor. Vou ligar para um detetive particular que conheço: o Anchieta. Ele trabalha com investigações internacionais. De qualquer forma, vou para Bruxelas hoje" - respondeu o João energicamente.

- "Como assim hoje? Você sabe se vai ter passagem hoje?" – perguntei do alto de meus pobres hábitos de viajante.

O João sorriu carinhosamente, e disse:

- "Eu não viajo em avião de carreira. A gente vai no meu próprio."

- "Como assim, 'a gente'?" – perguntei admirada com o convite e de saber que ele tinha um jatinho.

- "Gostaria que fosse comigo. Vai ser uma viagem rápida. Em algumas horas chegaremos lá. Resolvo tudo em alguns instantes."

Confesso que adorei. Mas não pude deixar de ficar intrigada com um pequeno detalhe...

Se ele podia ir comigo naquele mesmo dia e lá chegar, então também poderia ter ido outro dia... Exatamente no dia do saque. Aliás, poderia ter sacado o valor até mesmo sem ter viajado.

Não... Ele era muito sincero, eu sentia a verdade em sua voz e em seu olhar.

De todo modo, essa suspeita me fez viajar sentindo um friozinho na barriga, o que tornou tudo ainda mais emocionante.

Mas não era só dele que suspeitava. Também o Eduardo me parecia estranho. Por que o dinheiro fora sacado apenas no nome do João e da

Samantha e não no dele também? Depois, ele era meio deslumbrado. De todo modo, a Samantha também não era tão confiável assim... Que horror suspeitar de pessoas tão próximas!

Sebastião no poder

Era domingo, e Sebastião estava em casa deitado no sofá assistindo à televisão. Mais precisamente a uma partida de futebol, e bebendo cerveja, não em excesso. Como já disse, Sebastião era um homem sensato.

Estranhamente, o telefone tocou. Os amigos que habitualmente lhe telefonavam não iriam ligar durante uma partida de futebol, a não ser que se tratasse de algo muito urgente.

- "Alô!" – atendeu Sebastião com a voz apreensiva.
- "Alô! Gostaria de falar com Sebastião."
- "É ele" – Sebastião não saberia fazer joguinho perguntando quem era do outro lado da linha, para só depois afirmar que ele próprio Sebastião atendera.
- "Sebastião, bom dia. Quem fala aqui é Heleno Bustamante, você deve saber quem sou."

Não podia ser: um Ministro de Estado ligando para ele! Só podia ser brincadeira de algum amigo.

- "E o senhor quer me pedir algum conselho sobre a direção do país?" – perguntou Sebastião brincando, imaginando tratar-se mesmo de algum amigo.
- "Trata-se de algo parecido, mas igualmente importante. Estou telefonando a pedido do Presidente. Agora, vá até à janela e veja que há um carro oficial à sua espera. Por favor, entre nele e se deixe conduzir até o lugar onde teremos uma reunião."

- "O Presidente vai estar lá?!" – perguntou intrigado.
- "Não. Seremos só eu, você e mais algumas pessoas da cúpula."

Sebastião não sabia se ficava feliz ou apreensivo. Era muito estranha aquela ligação. Mais do que podia imaginar.

Trocou de roupa, pegou o celular e já ia saindo quando voltou para pegar mais uma coisa: um pequeno gravador que guardou no bolso da calça.

Entrou no carro e em pouco tempo chegou a um hotel muito bonito. Foi conduzido a uma sala na qual estavam o Ministro e mais três secretários.

- "Sinta-se à vontade, Sebastião..."
- "Obrigado" – foi tudo o que Sebastião conseguiu falar.

Depois de breve silêncio, o Ministro prosseguiu.

- "Sabemos que é um funcionário exemplar. E nessa condição temos uma importante missão a lhe dar..."

Mais um breve silêncio.

- "Sabemos que você conhece bem todos os problemas enfrentados pelos grandes importadores, todas as irregularidades que cometeram. Pois bem, diante da greve, queremos fazer um mapeamento de todas as irregularidades que os chefes da organização grevista praticaram, bem como as mercadorias que ainda estão apreendidas."
- "Tudo bem, posso fazer esse balanço para o senhor."
- "Você será devidamente remunerado pelo serviço extra."
- "Obrigado, Ministro."
- "Pode ir."
- "Só isso?"
- "Por enquanto, sim. Obrigado pela atenção, Sebastião. Espere um pouco que o motorista já vai pegá-lo de volta."
- "Está bem, mas nem precisa de motorista, Ministro." – disse Sebastião querendo ser simpático. "O senhor podia ter dito tudo isso por telefone."

- "Não podia, não, Sebastião. Hoje em dia, a gente só fala ao telefone o estritamente necessário."

Sebastião ficou, então, esperando, mas não pôde deixar de ouvir a conversa do Ministro.

- "Pronto." – disse o Ministro. – "Com esses dados que o Sebastião trará, daremos um jeito de dizer que o sigilo fiscal dos organizadores vazou para a mídia. Depois, a gente combina com aquele pessoal o incêndio das docas, nos galpões onde estão os bens da organização. Você tem certeza de que esse pessoal que irá incendiar é de confiança? Eles vão manter até o fim a palavra e sustentar que incendiaram por revolta contra a organização?"

- "Claro que tenho, Ministro" – respondeu um dos secretários. – "Quanto a isso, o senhor pode ficar tranqüilo."

Sebastião ficou atônito. Não era possível. O Ministro planejando um incêndio criminoso e a quebra do sigilo fiscal!!! Ficou sem saber o que fazer. Decidiu ignorar o que havia ouvido. Ficou calado, esperando o motorista chegar.

O Ministro, além de tudo, não tinha senso de discrição. Como pudera falar aquilo sem o menor receio? Certamente era a doença da cegueira do poder.

Sebastião estava nervoso quando chegou a casa. Será que ligava para a polícia? Para o pessoal da organização?

Retirou o gravador do bolso para verificar o que ficara gravado. Era um daqueles gravadores ativados automaticamente pelo som da voz.

Sim, a conversa fora gravada, mas os diálogos eram quase incompreensíveis. Sebastião os entendia porque os havia escutado originalmente.

No dia seguinte, depois de uma noite mal dormida, foi acordado ainda cedo pelo toque da campainha.

Era o segurança do Ministro.

- "Bom dia, seu Sebastião."

- "O quê?" – perguntou Sebastião meio sonolento. "O que o senhor deseja? É tão cedo! Preciso tentar dormir mais um pouco."

- "Temos que começar o trabalho cedo. O Ministro quer que comece a buscar os dados que pediu agora mesmo. Não se preocupe com a remuneração."

Sebastião ainda não havia se decidido se queria ajudar o Ministro e já estava ali a ser compelido a agir instantaneamente. Depois de pensar um pouco, falou:

- "Tenho de me vestir. Espere um minuto."

Entrou realmente e vestiu-se, mas não voltou. Saiu pela janela do quarto correndo até o ponto de táxi mais próximo e foi até à casa do amigo Mário.

Lá chegando, reproduziu o ocorrido a Mário que, como era de se esperar, ficou chocado.

- "E agora, Tião?"

- "Não sei..."

Ficaram sentados em silêncio lado a lado por alguns instantes. De repente, Sebastião se levantou da cadeira, com entusiasmo:

- "Pode não dar certo, mas tive uma idéia."

- "Qual foi?"

- "Você verá. Será que posso usar o seu computador? A câmera dele está funcionando?"

- "Claro que pode. A câmera está funcionando."

Sebastião encaminhou-se, então, ao computador, gravou um vídeo contando o ocorrido e reproduzindo as conversas gravadas. Depois colocou o vídeo no Youtube e enviou um e-mail para um grupo de servidores e para alguns jornalistas informando sobre a colocação do vídeo.

- "Você é louco, Sebastião. Vai ser demitido."
- "Nessas circunstâncias isso é o que menos importa. Na pior das hipóteses, vou ser vendedor de cerveja no bar do Zezinho perto de casa. De qualquer forma, improbidade por improbidade, a minha é menos grave. Trata-se de mero desrespeito à autoridade. Por outro lado, não posso ser obrigado a praticar ato que claramente sei ser ilegal."
- "Você vai voltar para casa?"
- "Não, nem vou ficar aqui. Todos sabem que somos amigos. Vou para o interior."

Bruxelas

Durante o vôo procurei não encarar muito o João. Nem queria estimular meu desejo de beijá-lo, nem muito menos desenvolver minhas suspeitas. Fiquei calada lendo um livro e usando a internet. Criar um clima tenso dentro de um pequeno avião em pleno vôo era desaconselhável, seja de que natureza fosse a tensão, boa ou má.

Certamente, o João não fazia idéia de minhas suspeitas. Dormiu a viagem quase toda e o tempo em que esteve acordado conversou apenas trivialidades comigo e com os tripulantes. Só.

Quando chegamos à Bélgica, mais precisamente a Bruxelas, fomos direto ao banco. No hangar particular, fiquei surpresa ao perceber que não havia qualquer carro nos esperando. Só uma moto esportiva muito bonita, com dois capacetes. João colocou um deles e me entregou o outro. Ele já subia na moto quando perguntei:

- "Como vamos levar nossas malas até ao hotel?"

- "Não se preocupe com isso que já será providenciado. Uma das coisas que mais gosto em Bruxelas é poder andar de moto sem preocupações com assaltos. Em dias como o de hoje, em que o céu está limpo e o tempo bom, é um desperdício trancar-se em um carro."

Foi o máximo andar de moto agarradinha com o João. Sempre sonhei fazer isso!

Chegando ao banco, falamos em inglês com alguém que devia ser o gerente, e que mostrou ao João como usaram a sua própria senha na operação de retirada do dinheiro. Parte do valor havia sido destinada para uma conta bancária em Istambul, outra parte para uma conta em Pequim e parte havia sido sacada em dinheiro.

- "Não pode ser! Não transferi nem saquei nada."

- "Mas está aí a informação de que foi a sua senha. Esses bancos não falham. Como é que pode? Será que você não tem dupla personalidade?" - Perguntei.

- "Que absurdo!!! Claro que não. Você está suspeitando de mim?"

- "Não é uma suspeita, é um fato comprovado. Veja a informação dada pelo banco. Estou apenas tentando entender por que você fez isso."

- "Não é possível. Não fui eu, tenha certeza."

Saímos do banco sem qualquer outra informação. A viagem só havia valido pela mudança de cenário, pelo entretenimento, não por conclusões quanto ao destino do dinheiro, nem quanto ao saque.

Já estávamos cansados e fomos a um hotel chamado "Amigo". É isso mesmo "Hotel Amigo". Sinceramente, pouco me importava qual seria o hotel porque a companhia do João já me bastava. Queria apenas descansar. Mas o hotel era lindo. Fiquei encantada com o charme do lugar.

Logo na entrada, João encontrou uma mulher muito bonita que cumprimentou com intimidade, como se a conhecesse há bastante tempo, o que aumentou minhas suspeitas mais uma vez.

- "Que bom encontrá-lo novamente por aqui..." – disse a mulher.

- "O prazer é meu de poder retornar." – respondeu João.

Quando ele já estava se virando para ir à recepção do hotel, ambos iniciaram um diálogo em francês que me deixou impressionada. Bem, é claro que fiquei admirada com a fluência do João, mas não foi só isso.

- "Semana passada, encontrei a Samantha aqui" - disse a recepcionista.

- "Como assim, a Samantha?"

- "A Samantha, aquela sua amiga, que geralmente o acompanha quando vem para cá."

Fiquei confusa. Como ela podia chamar a Samantha de Samantha e não de "senhora Diniz" ou algo do tipo? Que intimidade era aquela? E que falta de discrição? Uma européia, logo de cara cumprimentar e fazer comentários sobre a vida de outras pessoas?! Alguma coisa estava errada.

- "Você vai ficar aqui muitos dias? Quem sabe não combinamos de sair para jantar?" - perguntou ela afinal.

- "Vou embora amanhã."

- "Que pena! Então fica para a próxima oportunidade."

Tão logo se despediram, João, adiantando-se a minhas perguntas, já foi explicando:

- "Essa moça se chama Sophie. É colega de uns amigos e filha do dono do hotel. Sua mãe é brasileira e, por isso, eu e a Samantha ficamos amigos dela. Sempre tínhamos algo para falar do Brasil. Foi por conta de nossa amizade que passamos a freqüentar mais a Bélgica. E no período em que tive idéias para realizar a paralisação, pensei em abrir a conta nesse banco porque era próximo ao hotel e ficava só admirando-o daqui."

Depois de pequena pausa continuou:

- "É estranho a Samantha ter vindo aqui semana passada. Eu não estava nem cogitando de ela ter vindo porque não me disse nada. Aliás, ela não disse nada a ninguém. E para mim tudo é um absurdo, até porque sei que não fiz a operação. Mas agora, diante dessa informação, de que a Samantha esteve aqui..."

- "Sim, é estranho. Mas ainda que tenha vindo, nada justifica o uso de sua senha."

- "Tem razão, a não ser que... ela tenha usado minha senha... Isso está muito claro. Só pode ser isso."

- "Mas como ela teria descoberto sua senha?"
- "Não sei. Contratando um hacker, ligando a quantidade de toques a uma palavra... Não mais importa agora."
- "Mas é muito estranho a Samantha ter feito isso. Por quê? Ela não precisa de dinheiro."
- "Quem gosta de dinheiro como a Samantha, sempre quer mais. Esse é o problema de alguns empresários: achar que podem passar por cima de todos os valores para aumentar seu patrimônio. Dá para entender o preconceito de algumas pessoas quanto a certos ricos. Mas não sei... A Samantha nunca me pareceu gananciosa a esse ponto. Há algo mais nessa história."
- "Será que ela acha que você vai descobrir?"
- "Não sei. Vou falar com ela de qualquer jeito. Ela tem de me explicar por que fez isso. Não é justo comigo. Não é justo com nosso negócio, com meus ideais e menos ainda com nossa amizade."

De repente, o telefone do João tocou. Era Anchieta, o detetive particular. Ele, então, confirmara que a Samantha estivera mesmo em Bruxelas há alguns dias. E mais... afirmou que havia ido acompanhada com um agente do Governo.

Samantha no poder: ascensão e queda

Não demoramos mais nem um dia na Bélgica. João desistiu de ir até Moscou. Voltamos imediatamente ao Brasil. Nem sequer aproveitei o hotel.

O retorno foi menos tenso do que a ida, já que não havia mais desconfianças do João. Ele, com seu jeitinho tímido, e talvez porque estivesse decepcionado com a Samantha, permaneceu calado.

No avião, logo após a decolagem, aproximei-me dele e segurei-lhe a mão:

- "Lamento o que aconteceu, João. Sei que está chateado com os prejuízos nos negócios, na greve..."

- "Na verdade, estou chateado principalmente com a Samantha. Você sabia que fomos namorados durante vários anos? Acabamos porque temos personalidades muito diferentes. Você sabe. A Samantha é festeira demais... Depois, permanecemos muito amigos. Mas vendo o que está acontecendo agora... sinto-me totalmente traído. Talvez ainda goste dela..."

Fiquei calada por alguns instantes, confusa, processando as informações que acabara de ouvir.

Sabia que João namorara Samantha há muito tempo, mas podia jurar que o máximo que ele sentia por ela era mera simpatia... João me parecia tão inteligente para se deixar seduzir por uma mulher tão volúvel, principalmente quando havia tantas outras a seu dispor. Talvez por ter ficado tão atônita, pensei alto demais e terminei dizendo a João:

- "Se ainda gostar dela, é tão burro quanto... Ooops!... Desculpa. Não gosto de chamar ninguém de burro assim de uma maneira tão absoluta, mas é porque sempre achei a Samantha muito rasa intelectualmente. Até estava me surpreendendo positivamente com ela ao longo da greve, mas diante disso... Entendo a decepção, mas que gostasse dela..."

Certamente também estava com uma ponta de ciúmes. Pensava que estávamos meio que paquerando... Que cara-de-pau e falta de sensibilidade a dele de me dizer aquilo, ainda que fosse verdade...

- "Se for verdade que a Samantha ficou com o dinheiro, você tem de denunciá-la" – eu disse.

- "Pois é. Estava pensando nisso, é outro fato que me incomoda. Não vou fazer isso com ela. Exigirei o dinheiro de volta, mas denunciá-la... Os outros o farão por mim."

- "Olha, não posso admitir isso. É contra tudo o que você lutou. É um desrespeito ao grupo que aderiu a suas idéias. Cadê a sua ética? Você exigiu do Governo um respeito que não é capaz de exigir de sua amiga? Empresários como você, com mania de livrar os amiguinhos, resolver tudo entre amiguinhos, tudo na base da 'amizade', merecem mesmo ter problemas. Não é você que deseja igualdade de oportunidade para todos? Pois não beneficie uma amiga. Que saco!"

Ele ficou calado até chegar ao aeroporto e eu também, com vontade ora de pular do avião, ora de pular no pescoço dele para esganá-lo.

Chegamos ao aeroporto e de lá fui para casa revoltada, decidida a largar tudo e viajar. Não queria saber o fim da história. Praticamente não me despedi. Enquanto João conversava com o piloto sobre questões técnicas do avião, saí sem dizer tchau.

Era sábado e, como não tinha que retornar ao trabalho, depois que cheguei, fiquei em casa mesmo e vez ou outra olhava pela janela para ver o movimento no apartamento dele. Apesar da minha raiva, já estava tão apaixonada que não conseguia me desligar.

Umas quatro horas depois de nossa chegada, vi o que esperava: a Samantha foi para seu apartamento.

Passaram outras algumas horas conversando. Evidentemente, não tinha como saber o que conversavam, mas pelos gestos era possível saber que discutiam. Mas, de repente, vi algo para o que não estava preparada... Eles começaram a se beijar.

Foi a última cena que observei. Saí de casa decidida a dormir em um hotel, longe dali. O estranho foi que dentro de minha própria casa estava sendo invadida, como se João e Samantha tivessem se beijado lá. Nossa cumplicidade acabara.

Engraçado como a alma pode ser atingida de várias formas diferentes. Lembro-me que essa história começou com um rompante de amor e uma revolta social contra um assalto, e estava a acabar por conta de revolta com o amor e um rompante meu em prol da ética e de preocupações sociais.

(...)

Quando cheguei ao hotel, assisti a um filme e procurei evitar os jornais, porque não queria saber notícias do João. Com a greve, ele não saía da mídia. O desaparecimento do dinheiro certamente se transformaria em reportagem. Isso para não falar na cobertura que seria feita sobre a retomada das atividades por parte de todas as empresas que haviam parado, sobre o que haviam perdido (ou deixado de ganhar) etc.

No dia seguinte, como fazia toda as manhãs, fui checar meus e-mails e, para tanto, abri meu *laptop*. Automaticamente, estava programado para mostrar página de notícias. Assim foi inevitável ver o rosto de João e Samantha, logo cedo. Mas, para minha surpresa, a notícia era diferente da que imaginava. De acordo com a manchete, João havia denunciado Samantha. Que alegria!!! Não queria o mal de Samantha, mas não podia aceitar que ela permanecesse impune.

Lendo o jornal entendi melhor o que havia acontecido.

Tudo começou porque Samantha fora procurada por um agente do Governo. Este pediu que ela ajudasse a desestruturar a organização em troca de favores tributários que, por meio de manobras legais, beneficiariam apenas sua empresa. Samantha muito resistira, pois não tinha interesse financeiro, mas terminou aceitando ajudá-lo, porque se apaixonou. Apesar de o golpe ter sido desvendado, o dinheiro permanecia desaparecido.

Bem, como já afirmei, fiquei feliz pela punição de Samantha, mas, ao constatar o motivo pelo qual ela havia se envolvido com o agente do Governo, minha felicidade diminuiu. Percebi que talvez João tivesse decidido entregá-la não por questões éticas ou políticas, mas por questões amorosas. Questões semelhantes às que me faziam querer me afastar.

Até tive muita vontade de ligar para ele e dar os parabéns. Com a denúncia do golpe, João virara uma espécie de herói. Mas desisti. Ele já estava recebendo atenção demais. E o carinho que eu queria dar não podia ser confundido com esse frenesi superficial dos que cercam as pessoas em evidência.

Sebastião no poder II

É evidente que Sebastião tornou-se uma celebridade instantânea. A maior vantagem da internet é a democratização da informação e do poder.

De seu cargo burocrático e limitado, abalou a vida do Ministro e, mais ainda, a do país, na surpreendente e inesperada roda do poder.

Foi capa de jornais e revistas, e apareceu na televisão.

O Ministro, é claro, negou tudo.

A sorte de Sebastião foi haver guardado a gravação. Tendo sido devidamente avaliada por especialista, confirmou-se a veracidade da história.

Antes que o Presidente exonerasse o Ministro, ele próprio pediu para sair por motivos de saúde. E o Presidente disse, como é natural, que não sabia de nada.

O fim da greve

Com o sumiço do dinheiro, era materialmente impossível continuar a paralisação. Agora, mais do que antes da greve, era preciso fazer os negócios voltarem a funcionar.

Toda a ciranda de certidões para emissão de nota fiscal e liberação de mercadoria recomeçou.

Ao mesmo tempo em que foi necessário enfrentar novamente a burocracia, foi ainda necessário enfrentar as inúmeras ações judiciais que haviam sido propostas.

Diante desse cenário, talvez você esteja a pensar que a greve não adiantou de nada, que apenas trouxe prejuízos.

Mas não foi bem assim.

Ainda que economicamente a greve tivesse representado apenas prejuízos, o simples fato de haver sido fruto da luta por um ideal já valeu a pena.

Nem todas as mudanças no mundo ocorrem de forma instantânea. A Revolução Francesa não mudou a qualidade de vida dos homens no dia seguinte àquele em que eclodiu.

É sempre preciso dar o primeiro passo em busca da popularização de uma idéia que se considera nobre.

O João não era mais apenas um empresário buscando lucros. Era um cidadão que havia dialogado com a sociedade de maneira ampla. Mesmo quem discordou de suas idéias, pelo menos teve a oportunidade de combatê-las. Ele foi honesto. Disse o que pensava e lutou para concretizar seus pensamentos.

Tudo que eu fiz foi ouvir o que o meu peito diz: "Que apesar de todo o mágoa vale a pena todo luta para ser feliz." Tudo que eu fiz foi seguir a mesma doutrina confiando e acreditando que na vida toda segundo pode ser feliz. É preciso crer no coração porque se nós não tem um pedaço de se viver e eu quero ver nascer um tempo bom. Meu peito diz: "Graços do gente é igual país: não deu certo uma mudança, você muda de esperança."

Suzana Farias
2008

É uma ilusão afirmar que não há antagonismo entre Estado e sociedade, que hoje seriam realidades idênticas.

Ora, nem sempre é possível identificar qual é "a vontade da sociedade", ao passo que o Estado será sempre conduzido por pessoas determinadas que, muitas vezes, fazem confundir a sua vontade com essa vontade indefinida da própria sociedade. E quem irá dizer que não é assim? Apenas cada pessoa, cada cidadão, individualmente considerado, por meio de sua consciência política.

Além disso, não adianta impor a solidariedade como modelo econômico ou político. Ela é conquistada pela educação, pela consciência de que o outro é tão importante para o equilíbrio e o progresso social, quanto si próprio. Se um país quer ser solidário, há de desenvolver sua educação. Se não for assim, aquele que invocá-la deterá poder de deturpá-la. A solidariedade será mera figura de retórica. Ou cada um a pratica, ou ela não existe.

Quando se viola uma norma ética, não é a ética do outro que se está violando, mas a própria ética. É apenas uma questão de tempo sofrer um dano em decorrência do próprio mal que se plantou. A desordem, uma vez estabelecida, impõe sua vontade, mesmo contra aquele que a semeou.

Na verdade, o que não pode haver é adversidade entre Estado e cidadãos. Não se deve admitir que as pessoas, quando estiverem de um lado ou de outro, tenham poder demais, limitem demais a atuação de quem quer que seja. Todo ser humano tem o direito de se desenvolver. Um Estado burocrático demais retira essa liberdade, mas também uma sociedade sem Estado descambará em total desorganização. Importa, a cada passo, controlar as pessoas que estão no poder, e criar mecanismos que permitam a qualquer pessoa que tem idéias sadias trabalhar.

Somente haverá maior justiça social quando houver equilibro entre o controle que o Estado faz em relação aos indivíduos e o controle que os indivíduos fazem do Estado.

Foi na tentativa de fazer esse controle, ainda que de forma equivocada, que tudo começou. Eu entendo o João. E hoje, aqui, as pessoas também entendem, mesmo as que ficaram com raiva.

Não se vai mais a uma lojinha achando apenas que os lucros são frutos da exploração do consumidor, da ganância desenfreada, em um exagero. As pessoas, aos poucos, têm prazer e reconhecem o esforço por trás do empreendimento. E algumas até estão planejando abrir seus próprios negócios.

Mas CHEGA!!!!

Estava cansada de pensar em economia, em problemas sociais e qualquer outra questão assemelhada.

Precisava de alguns dias de descanso, longe de tudo, sem sequer ouvir notícias das repercussões finais da greve, sem pensar em dinheiro.

Decidi que ia para Hainan Island, na China, porque há algum tempo já queria conhecer. Ou para Fernando de Noronha, encontrar uns amigos, que nada sabem de política, apesar de serem politicamente corretos. E ouvir o Jack Jonhson cantando: "Where all the good people go? ... Gimme some truth."

Mas, instantaneamente, pensei que, por mais que quisesse me afastar desse mundo institucionalizado, eu ia precisar do meu cartão de crédito para pagar a passagem, do avião controlado economicamente por alguma grande empresa e feito por outra igualmente grande, e de uma boa rede de hotéis. Percebi que apenas queria me iludir... Ah!... Que se dane tudo!... Queria mesmo era sentir que, diante do azul do céu de Hainan Island, ou de Noronha e de suas águas cristalinas, tudo de que preciso para viver bem é simplesmente existir.

    Viajei.

E TUDO RECOMEÇOU

Terminei indo para Fernando de Noronha porque era mais perto e queria fugir logo.

Foi restaurador para meu espírito.

Confesso que, apesar de sempre ter sido mais adepta de Voltaire que de Rousseu, ali, de frente ao mar, com tanta tranqüilidade na alma, tinha de concordar que o homem é melhor diante da natureza e que a sociedade o corrompe. Estava mais para Zé Fernandes do que para Jacinto, se é que me entendem.

Aos poucos consegui deixar de pensar na greve, nos assuntos políticos e econômicos. Apesar de também querer evitar lembranças do João, era delas que minha mente se enchia.

Queria tanto ser menos romântica, aceitar que seríamos apenas bons amigos. Os cientistas ainda terão de fazer uma pesquisa para tentar descobrir por que as mulheres romantizam tanto um beijo ou uma transa.

Mas mesmo diante da dor causada pela imensa vontade de tê-lo em meus braços, que estavam ali vazios, não podia deixar de rir das cenas engraçadas que vivemos juntos.

Foi então que resolvi escrever este livro, para contar a história de pessoas que, em um gesto político, ainda que sem sucesso total, tentaram mudar o país.

Seria uma forma de, ao mesmo tempo, deixar viva a mensagem que tentaram transmitir com a greve e de pensar menos em beijar o João.

Com a mente concentrada no livro, parte dos meus sentidos ficaria menos ativa e meu corpo se tranqüilizaria.

(...)

Quando ainda estava no início da história, escrevendo em meu *laptop*, de frente para o mar, senti alguém parando atrás de mim, passando a mão por meus cabelos e repousando-as em meu ombro. Deu um calafrio e virei-me.

Era o João!

Não tive tempo de falar. Ele retirou o *laptop* de meu colo, colocou-o na toalha de praia estendida ao chão e me puxou para seus braços. Passou a mão suavemente por meus cabelos. Do topo da cabeça foi descendo pelas costas, até que me apertou pela cintura e me deu um beijo forte que levou parte da minha alma. Minhas pernas tremeram.

Suavemente, ele foi desacelerando o beijo e escorregou sua boca até minha orelha e disse baixinho:

- "Não conseguia parar de pensar em você. Em tudo o que deveria ter feito e não fiz. No seu riso, na sua boca, no seu corpo..."

Para quebrar o clima, porque eu já estava confusa demais para um lugar público, ainda que meio deserto, perguntei rindo:

- "Minhas idéias não valeram nada?"

Ele riu também e respondeu, afastando um pouco seu corpo do meu e olhando em meus olhos:

- "Valeram, e também senti falta delas, mas pelo menos elas eu soube aproveitar."

- "Como você descobriu que eu estava aqui?"

- "A Nina me contou. Liguei para sua casa várias vezes procurando por você. Inicialmente, ela se recusou a me fornecer informações, mas depois que expliquei que não conseguia parar de pensar em você e que eu

era o vizinho que adora espionar, terminou me dizendo o lugar onde estava e o telefone do hotel. Quando cheguei aqui foi fácil. É tudo tão pequeno!"

Esse lado "007" do João liquidava qualquer chance de resistir à tentação de beijá-lo, ainda que depois pudesse me arrepender.

Antes mesmo de ele falar qualquer outra coisa, eu mesma tomei a iniciativa de beijá-lo e dar-lhe um abraço forte.

- "Vamos sair daqui" – disse sussurrando para ele.

- "Por quê?"

- "Porque, embora eu não seja famosa e nós não estejamos na Espanha, não quero correr o risco de sermos filmados e termos nosso vídeo colocado na internet. Você sabe..."

Ele riu de novo.

- "Está bem. Vamos."

- "Pega o meu *laptop*, por favor."

- "O que é que você faz com um computador na praia?"

- "Depois eu te conto. Acho que vai gostar. Quero, inclusive, que me ajude."

Pois é. Foi aqui, no fim, que a história começou.

Eu e o João fundamos organizações de apoio à sociedade. E o melhor dessa atividade foi descobrir que, por mais egoístas e perversas que as pessoas possam parecer, ainda há muitas querendo praticar o bem. Mesmo algumas que parecem ter propensão para o mal se mostram boas em várias situações. Esse mistério do bem e do mal, das proporções que assumem ou podem assumir, em cada pessoa, me fascina e me motiva a continuar tentando melhorar, apesar de todo o desmantelo do mundo.